怜悧な外科医の愛は、激甘につき。
～でも私、あなたにフラれましたよね？～

夢野美紗

STARTS
スターツ出版株式会社

目次

怜悧な外科医の愛は、激甘につき。～でも私、あなたにフラれましたよね？～

怜悧な外科医の愛は、激甘につき。
～でも私、あなたにフラれましたよね？～

プロローグ

高校三年生の秋。

当時十七歳だった私、小野田真希(おのだまき)は人生で初めての恋をした。

『ずっとずっと好きでした！　わ、私と、つ、付き合ってください！』

『――……ごめん』

清水(きよみず)の舞台から飛び降りる覚悟で告白をしたものの、あっさり玉砕。このときほど頭の中が真っ白になってなにも考えられなくなったことはない。だって、ずっと好きだった人だから。

気持ちを受け入れてもらえなくても、一度燃え上がった私の恋心は収まることを知らず……。

『――あ、あの！　付き合ってもらえなくてもいいです。でも、せめて私のファーストキス、もらってくれませんか？　お願いしますっ！』

若気の至りとはいえ、あのときの私は彼にとんでもないことを口走っていた。

あれは、私の人生の黒歴史といえるかもしれない。

第一章　偶然の再会

「――れでね、なんと私、結婚することになったのー！　ふふ、びっくりしたでしょ？」

「え？　あ、うん。そうなんだ、よかったじゃない」

我に返るとそこは静かなクラシックが流れるいつもの喫茶店。

長年付き合っていた恋人とようやく結婚が決まったという、元同僚の惚気を延々一時間も聞かされているうち、過去の失恋の記憶にどっぷり浸っていたようだ。

正直、彼女の話は半分も頭に残っておらず、〝結婚する〟というところだけを聞いて慌てて相槌を打った。照れたように目を伏せた彼女はそんなことにも気づかず、緩んで緩んで仕方のない真っ赤な頬を両手で覆い、身体をくねくねさせていた。

彼女から『彼氏のことで相談に乗ってほしいの』と言われ、別れようかと悩んでいると打ち明けられたのが二ヵ月前。そのときもちょうどこの喫茶店でこの席だった。

「彼氏さん、やっとけじめをつけてくれるみたいで安心した」

「うんうん！　これも全部真希に話を聞いてもらったおかげだよ」

今だからニコリとはにかんで笑っているけれど、二ヵ月前、まるで死人のような顔色で『また浮気した！　もうだめかも』『一緒にいる自信ない！』なんて言って人の目も気にせず、私の前でポロポロ涙を流していたなんて誰が想像できようか。

結婚までこぎ着けたのは、それでも彼のことをずっと好きでいられた彼女の粘り勝ちなのかな？

すっかり冷めてしまったコーヒーに口をつけ、ふと窓の外を見ると灰色の分厚い雲とともにそぼそぼと雨が降り始めていた。

友人からの恋愛相談や結婚報告を受けるのはわりと多いほうだ。『調理師として働くよりもカウンセラーとかのほうが絶対向いてるよ』なんて言われるけれど、特に役に立つようなアドバイスをするわけでもなく、ただ相手の話を聞いているだけ。気持ちに寄り添えているかも怪しいのにカウンセラーなんて無理だ。

やっぱり傘持ってきてよかったな。

これから母と夕食に行く約束をしているから、と言う元同僚と別れて、秋色に染まり始めた街路樹を横目に傘を差しながら歩く。

人の恋愛話ばかり聞くのもそろそろお腹いっぱいになってきた。私ももう二十七だ。

自分の恋愛もどうにかしたいと思うけれど、告白されて断った相手にしつこく付きまとわれたり、逆恨みされたりと嫌な思い出しかなくて現実はうまくいかない。

そういえば……今頃どこでなにしてるのかな？　元気でやってるのかな？

さっき喫茶店で話を聞いていたら、ふと〝彼〟のことを思い出してしまった。

元同僚の幸せそうな笑顔を思い出すとそっとため息が出る。彼女は悪びれもせず『真希だって可愛いし、料理なんてプロ並みじゃない？　話も聞き上手だし、本当はモテるんでしょ？』なんて言ってきたけど、その実私は一度も恋人をつくったことがない。

一五八センチといたって平均的な身長に、カラーも入れていない肩までの黒髪ボブ、特にチャームポイントになる部位はないけれど、クリッとした二重瞼の目だけはよく「目力がある」と言われる。

本気で褒め言葉だと受け取ったことは一度もないけどね……。

友人の恋愛話を聞くたびに、過去の痛い失恋の記憶がチクチクと刺激され、私の初恋の相手だった彼の記憶が呼び起こされる。

その昔、我が家は『おのだ屋』という定食屋を営んでいた。一人娘だった私はよく店の手伝いをさせられ、中学に上がる頃には仕込みの準備をひとりで任されるようになった。初めは店の手伝いなんて嫌で仕方がなかったけれど、だんだん料理への面白みを感じるようになって、気がついたら父と一緒に肩を並べて厨房に立っていた。

店の手伝いをしていた中学三年生の夏休みのある日のこと。

近所にある慶華医科大学の男子学生さんが、ふらっとひとりでうちの店へやって来た。

周りの人よりひと際背が高く、利発そうな切れ長の目に細い顎のラインが印象的で綺麗な顔立ちをしていた。

彼が座るのはカウンターの奥の席。口数は少なく、初めの頃は挨拶を交わすのみで、時折医学書などをパラパラめくっては難しい表情をしていた。週に一回のペースで店に来ていたけれど、両親が気さくに話しかけていくうちに、だんだん打ち解けていって私ともよく話をするようになった。それ以来、多いときで週に三日も店に来てくれるようになった。

その彼が私の初恋の人、相良聖一さんだ。

よほどうちの料理を気に入ったらしく、料理を口にするたびほんの少し頬を緩めて幸せそうにしていた表情が忘れられない。

背が高くて笑顔も声音も優しくて、おまけに頭もいい。中学からずっと剣道をやっていて、男性らしい肉付きに人知れずドキドキしていた。徐々に距離が近くなってくると、遊園地やスポーツ観戦に連れていってくれたり、一人っ子で勉強嫌いだった私によく家庭教師をして面倒を見てくれたりした。

『聖ちゃん、聖ちゃん』と子どもみたいに引っついて回って、よく頭をなでながら『いい子だ』『偉いな』とか言われたものだけど、時が経つにつれ子ども扱いされるのが嫌になっていった。

そしていつの頃からだったか、彼の隣にいるだけで妙にドキドキと鼓動を感じるようになった。まさかおかしな病気にでも侵されたんじゃ……なんて本気で思ったけれど、子ども扱いされて嫌だった理由、それが〝恋〟だと気づくのにさして時間はかからなかった。

高校生になる頃には、優しい医大生のお兄ちゃんではなく、ひとりの男性として意識していた。そして、ちょうど今くらいの季節だった十七歳の秋、初めての告白にして初めての失恋を経験した。

この気持ち、言わないで隠しておくなんて、そんなの自分に嘘をついているみたいで嫌！

あのときの私の行動はまさに若気の至りという言葉がぴったりなくらい、今考えると人生最大の失態だった。相手のことも考えず、ただ突っ走って自分の気持ちをぶつけただけで、その後のことをまったく考えていなかった。

案の定、それっきり彼は店に顔を出さなくなってしまった。

〝困ったな〟とでも言いたげな彼の顔は、今でも脳裏に焼きついている。

そして数年経ったある日。突然、一家の大黒柱だった父が倒れ、祖父の代から続いていたおのだ屋は店を畳むことになった。

結局、フラれたあの日以来、相良さんとは会っていない。

私が高校生になった頃くらいから『大人の男の人に〝聖ちゃん〟なんてだめよ』と母にきつく言われ、それから〝相良さん〟と呼ぶようにした。当時はなんとなくよそよそしくて違和感があったけれど、自分の気持ちを整理するためにもそのほうがよかったんだと今なら思える。

確か私の八つ上だから、今は三十五かぁ……。もう十年近く会ってないし、立派なお医者さんになって頑張ってるんだろうな。

どうして今日に限って相良さんのことばかり考えてしまうのだろう。とうの昔にフラれて二度と会うこともないような相手なのに。

専門学校時代にいい雰囲気になった人はいたけれど、いつも心の中に相良さんがいてうまく恋愛ができなかった。

はぁ、こんなに忘れられない人っているもんかなぁ。

私の密かな夢は大好きな人と幸せな家庭を築き、毎日手料理を作ってあげること。

それで、「やっぱりお前が作る食事が最高だ」なんて言われて……。

そんな日が果たしてやってくるのだろうか。

歩道橋の階段を下りながら、もう何度目かわからないため息をついて目を閉じる。

けれどそれがいけなかった。雨で濡れた足元の落ち葉の塊に気づかず、それを踏みつけた靴底がズルッと滑って、あっと思ったときには遅かった。

ぐらりと身体が傾いて靴の裏が地面から離れる。傘を放り出してとっさに手すりを掴むこともできず、私は階段から派手に転がり落ちてしまった。

「いったた……」

弾みで頭を軽く打ってしまい、ぶつけたところに手をあてがう。

道行く人が階段から落ちてきた私をギョッとした目で見るだけで、声をかけてくる人はいなかった。

珍しく今日はあれこれと埃をかぶった過去の思い出に気を取られていた。注意散漫になっていたせいか、さっきから赤信号で横断歩道を渡ろうとしたり、道を歩く人とぶつかったり、挙句の果てには階段から転げ落ちる始末。

なんとか立ち上がろうとして顔を上げたときだった。

「あ……」

視界がぐにゃりと歪んで一気に脱力したかと思ったら、シャッターを閉められたみたいに目の前が真っ暗になった。


「ああ、しばらくここの病室で患者の様子を見てる。時間？　気にするな、なにかあったら連絡入れてくれ。じゃ」

おぼろげな意識の中ではっきりと聞こえたのは、若い男性の声だった。うっすら目を開けると見知らぬ真っ白な天井が浮かび上がる。そして視界の端に透明な液体の入った点滴バッグがゆらりと見えた。

私、点滴されてるの？　じゃあ、ここは……病院？　なんで？

ゆっくり視線を動かしていくと、今まで誰かと電話をしていた様子の白衣の男性がこちらに背中を向けて立っていて、窓の外にはすでに夜の帳が降りていた。

あ、あの……。

確かにそう声に出したつもりだったのにうまく喉から音が出ない。身体を起こすこともできなかった。その代わり、身じろぎした衣擦れのわずかな気配にその男性が振り向いた。

「気がつきましたか?」

うっすら微笑(ほほえ)まれて目が合ったその瞬間、頭の中が真っ白になった。

少し伸びた癖のある黒髪を後ろになでつけ、切れ長の目元は少し険しい印象だけど、その精悍(せいかん)な顔つきには確かな既視感があった。

まさか、だよね……そんなわけ——。

「ここがどこだかわかりますか?」

確かにここが病院だということは部屋の雰囲気でわかるし、ベッドに寝かされてなにかの処置をされているのも理解できる。私は彼の質問に答えるようにゆっくり頷(うなず)いた。それよりも、信じられないのは、白衣を着て高い位置から見下ろす目の前の彼の存在。

「さがら、さん?」

人違いでは?と一瞬思ったけれど、私の口から自然とその名前がこぼれていた。

先ほど微笑みかけられた瞬間、記憶の中の相良さんと重なった気がした。『気がつきましたか?』と声をかけられたときも聞き覚えのある優しい声音だった。

「ここに搬送された経緯は覚えていますか？」

ベッドサイドに置かれた面会者用のパイプ椅子を広げて座ると、寝ている私の顔を覗(のぞ)き込んだ。

あ……。

左胸の職員証に視線がいく。職員番号の下に〝脳神経外科医師　相良聖一〟と確かに記されていた。

やっぱり、やっぱり相良さんだ！　間違いない！

同姓同名にしたって、ここまで容姿がそっくりな人なんてそうそういない。

まさに十年ぶりの再会だ。当時、まだ学生だった相良さんがすっかり大人の男性になり、そして立派な医師となって突然私の目の前に現れたのだ。救急搬送されたのがたまたまこの病院で、担当してくれたのがまさにその彼だなんて、何十億といる世界の総人口の中からこんな偶然ってある？

今までぼんやりしていた思考が一気に覚醒したようになり、心臓がドキドキと波打ち始め、絶叫して身悶(みもだ)えしたい衝動に駆られる。

きっとこれは夢なんだ。絶対夢！　ほら、今日はやけに相良さんのことばかり考えてたし！

「あの、本当に大丈夫ですか？」

話しかけても返事のない私を怪訝に思ったのか、彼が私を覗き込む。

「え、あ、えっと……」

「まだ意識が混濁しているようですね、自分の名前と年齢、生年月日は？」

そう問われ、動揺を隠しきれずたどたどしく答えると彼は微笑んだ。やっぱり見覚えのある笑顔で。

「やっぱり真希ちゃんか、大通りの歩道橋の階段から転げ落ちて、そのとき後頭部を打ってここへ運ばれてきたんだよ」

十年ぶりに「真希ちゃん」と名前で呼ばれて心臓がビクリと跳ねる。

相良さんも私が本当に小野田真希なのか、本人の口から確認が取れるまで半信半疑だったらしい。

友人と別れて雨降りの中、歩道橋を歩いていたところまではなんとなく覚えてるけど、その後のことはまったく記憶にない。

「それにしても、久しぶりだな」

私だとわかった瞬間、相良さんはホッとしたような柔らかな笑みを浮かべ、口調を和らげた。

あぁ、信じられない‼　まさか、本当に相良さんに会える日がくるなんて！

「ここは『慶華医科大学付属病院』の脳神経外科病棟だ。頭部ＣＴやＭＲＩの画像診断で今のところ異常所見はなかったが、吐き気や物が二重に見えたり手足が動かしにくかったりの自覚症状はあるか？」

「いえ、特には……あの、今、慶華医科大学付属病院って言いました？」

「ああ」

慶華医科大学付属病院って……じゃあ、自分の職場がある病院に搬送されたってこと⁉　はぁぁ、なんでよりによってこんなことに。

私はここの病院の最上階にある『メルディー』というレストランで調理師として働いている。

メルディーは質素で地味な昔の病院食堂のイメージを払拭し、インテリアやメニューの彩りにも気を配りつつ、〝患者さんや医療スタッフを陰ながら支えるおしゃれなレストラン〟というのをコンセプトにしている。

倒れた父の入院先でとある患者のおばあさんが『入院中は食事がなによりの楽しみだけど、もっと美味しいものが食べたいわ』と悲しげに言っていて、ずっとその言葉が忘れられなかった。

病気と闘う人にももっと料理を楽しんで食べてもらいたい、そのために自分の技術を役立てたいと思うようになり、当時勤務していたホテルの調理師を辞めた。そして病院の食堂へ転職をした。

まさか、自分の職場の病院に搬送されることになろうとは。しかも、そこで初恋の相手に会うなんていったいどんな因果だ。

今日は仕事が休みでなにをしようか家で考えていたら、先日までメルディーで一緒に働いていた同僚に『いつもの喫茶店でね』と呼び出された。その喫茶店のある場所はここから目と鼻の先で、私も仕事帰りにコーヒーを一杯飲みにふらっと立ち寄ったりする。

慶華医科大学附属病院は、新宿区にある国立大学法人の医療機関で近年では難治療の臨床研究なども盛んに行われていて、ホテル並みのセキュリティーとサービスに長けた国内有数の総合病院としても知られている。

「相良さんは、ここで医師をされてるんですか？」

メルディーに勤務してもう三年ほど経つけれど、慶華医科大学附属病院に相良聖一という脳神経外科のドクターはいなかったはずだ。就職するとき、もしかして……なんて思って勤務医一覧をすべて確認した。

「一年の契約で先週から脳神経外科の常勤専門医としてここで働いてるんだ」

相良さんの家業もまた病院だ。『相良総合病院』という都内でもかなり大規模な病院運営をしていて、慶華医科大学附属病院と同様に高度な最新医療の提供ができる医療機関だと定評がある。彼のお父様が現在院長を務めていて、相良さんはそこの次期院長だ。

「そうだったんですか……」

相良さんは『久しぶりだな』と言って笑ってくれたのに、私はいまだに相良さんに再会したのだという実感がなくて、ソワソワと落ち着かない。

先週からここの病院で働いてたんだ。全然知らなかった。

ッ⁉　じ、じゃあ……相良さんと同じ職場ってことだよね？

これもただの偶然だっていうの？　あぁ、やっぱり信じられない！

「いたっ」

落ち着きのなさをごまかすために身体を起こそうとしたら、頭がズキリと痛んだ。

「無理するな。切れてはいないがまだ打ったところが痛むはずだから。脳震盪(のうしんとう)を起こしたんだ」

「のう、しんとう？」

きょとんとする私に相良さんが小さく頷く。

「頭部外傷による一過性の意識または記憶障害、混濁が主な症状だが脳にダメージがいくと、後々いろんな障害が出てくる」

そうだ、私、頭打ったんだっけ？　はぁ、ほんとドジだよね……。

「後々後遺症が出てくる可能性があるかもしれないから一ヵ月か二ヵ月は経過観察が必要だ」

え？　そんなに？

「でも、今のところ特に具合の悪いところはありませんし、この点滴が終わったら帰れますか？」

そうだ。明日も仕事なのにここでいつまでも寝てるわけにはいかない。頼まれていた仕込みだって朝からやらなきゃならないのに。

「そう言われてもなぁ」

相良さんは低く唸って腕を胸の前で組む。

「家に帰ったら誰かいるのか？　今もご両親と一緒に住んでるのか？　いずれにしても家族と連絡は取れるか？」

急に質問責めにされて言葉に詰まる。正直、この状況を母に知られたくない。

「あ、あの！　私がここにいること、誰にも言わないでくれませんか？」

「なぜだ？」

救急搬送されたというのに、誰にも連絡せず黙っていてほしいと言われた相良さんは、私に怪訝な目を向けた。

父が倒れた原因は心臓だった。今も入院していて、そんな父を母は献身的に面倒を見ている。東京から離れた地方にある病院のため、なにかあったときにすぐに駆けつけられるよう去年、母は病院の近くに引っ越した。ようやく安定した生活に慣れてきたというのに、こんなことで母に余計な心配をかけたくなかった。

「両親は地方に今住んでるので……あの、私、本当に大丈夫ですから」

「脳震盪の場合、なるべく二十四時間はひとりでいることを避けたほうがいい。今どこに住んでるんだ？　彼氏とか……その、誰かそばにいてくれる人は？」

なんだか特別な相手がいるのかどうか探りを入れられたみたいな気がしたけれど、きっと気のせいだよね？

「今は中野区のアパートでひとり暮らししてます。それに彼氏なんていません」

「そうか……」

相良さんが困ったような表情でため息をついた。

「そんなふうに肩肘張った話し方しなくていい。昔はもっとフランクに話していただろう？」

そう言われて私は黙り込む。

確かに中学生の頃まではもっと砕けた口調で会話をしていたけれど、いきなり目の前に初恋の相手が現れて戸惑わないわけがない。それにあの告白を覚えているなら自分が断ったことが原因かも？と少しは気を使ってくれたっていいのに、それとも彼の中で私の告白なんてなかったことになっているのかな。

「会わなくなってもう十年ですし、お互いもういい大人ですから」

確かに前は聖ちゃんって呼んでたけど……。

相良さんは変わらず「真希ちゃん」って名前で呼ぶけれど、私にとって十年の空白は長すぎた。だから再び「聖ちゃん」と呼ぶには抵抗がある。

どうしてこんな険のある言い方をしてしまったのか、自分でもそっけない返事だと思う。手当を施してくれて、まずはお礼を言わなきゃいけないのに。

「そっか、そうだな。失言だった」

相良さんの諦(あきら)めたような物言いにチクリと胸が痛む。拒絶したわけではないけれど、やっぱり昔のことを思い出すと気まずい。

別に相良さんを困らせたいわけじゃない。脳震盪だっていっても大げさだ。きっと大丈夫。そう思って、「やっぱり帰ります」と口を開きかけたときだった。

「うっ」

急に頭がぼんやりしだしたかと思うと、みぞおちがキュッと掴まれたみたいな不快感に襲われた。

「吐き気か？」

咄嗟に胃の底からこみ上げてきそうなものをぐっとこらえて、口元を手で押さえながら〝大丈夫です〟とコクコク首を縦に振る。

「身体起こせるか？」

あぁ、なんで急に？　今まで吐き気なんてしなかったのに。きっと打った頭で色々考えたせいだ。

「今の状態でとてもじゃないが家に帰すわけにはいかない」

ええっ⁉　そんな、困ったな……。

「どうしても帰れませんか？　その……入院費の持ち合わせもありませんし、仕事も休めないんです」

「頭を打ってからの吐き気だとしたら心配だからな、今晩はここで安静にするように」

パイプ椅子から腰を上げると、相良さんが真剣な眼差しを私に向けた。

「俺の目の届かないところでなにかあったらどうするんだ」

私のことを本当に心配してくれているんだと思ったら、途端に顔に熱を持ち始める。

まるで過去にしまったはずの恋心を揺さぶられるみたいで、そんな自分に戸惑ってしまう。なにも言葉が思いつかず、小さく息だけをのみ込んだ。

「とにかく今は安静に。なにかあったらナースコールして」

「はい」

彼がポンと優しく私の頭に手を置く。

相良さんは素直に頷いた私の返事に満足げに微笑んで、口を開きかけたときには背を向けて病室を後にしていた。

そういえば、昔もよく頭なでてもらったな。

テストでいい点数を取ったとき、友達とケンカしたとき、悔しくても涙をこらえていたとき、相良さんはいつも私の頭を優しくなでて笑ってくれた。

はぁ、もう考えるのやめよ。とにかくここは相良さんの言うことを聞いて今晩は休ませてもらおう。

そう思ったらだんだんと気が楽になって重くなる瞼をそっと閉じた。

「おはようございます。小野田さん、ご気分はいかがですか？　検温に来ました」

よく眠れたのかそうでないのかわからないまま、私はぼんやりと翌日の朝を迎えた。

「おはよう……って、どうしたの？　そんな改まっちゃって」

淡いピンクのカーテンの合わせ目からニコニコしながらひょこっと顔を出しているのは脳神経外科の看護師、中原真美子だ。カーテンが開かれると、眩しいくらいの朝日に目を細める。

「ふふ、職員でもここに搬送されてきたなら立派な患者でしょ？　誠心誠意、真心込めて真摯に対応しなきゃと思ってさ」

クスクス笑いながら半分冗談めいて私に体温計を手渡す。

彼女は私と同じ年で二十七歳。去年離婚して一児の母でもある。セミロングの髪を尻尾みたいにキュッと結んでクリクリッとした目が可愛らしくて愛嬌がある。本人は「見た目が童顔だからよく新人看護師に間違われる」とよく嘆いているけれど。

「三十六度八分。うん、熱はないね。それにしても、大通りの階段からスッ転んで脳震盪だなんて、ドジなんだから、気をつけてよ？」

「う、うん。反省してます」

真美子は可愛らしい見た目とは裏腹に竹を割ったような性格で、精神的にも体力的にもタフだ。時々キツイ言動はあるけれど、それは〝看護師〟というプライドを持って仕事をしている証拠だ。仕事中は時間がなくて美味しい料理もじっくり堪能できないからと言って、わざわざ休日に子どもを連れてメルディーによく来てくれる。職場の中では唯一気の合う友人関係だ。

「一応午前中検査して、問題なければ退院ね。相良先生に感謝しときなよ〜。昨日、仕事終わって帰宅しようとしてたところにいきなり真希が運ばれてきてさ、それで勤務時間も延ばしてくれたみたいだし」

「え？　そうだったの？」

「相良先生、真希のこと見たらちょっと焦った顔になってさ、まさかヤバイ状態なんじゃないかって私も心配したんだからね」

あぁ、悪いことしちゃったな……相良さんにも後で謝らないと。

「ほんと、面目ないです」

焦った顔、か。まぁ、急患で搬送されてきたのが十年ぶりの相手じゃ、びっくりするよね。

私のことを相良さんが覚えていてくれたことだけでも感謝しなきゃ。

「顔色もそんなに悪くなさそうだし、なんか食べられそう？」

「うん、平気。まだ頭の痛みは少しあるけど食欲もあるし、もう大丈夫」

「ならよかった。真希が運ばれてきたときすぐ義さんに連絡したのよ、今日が早番だといけないと思って。義さんが後でここに来るって言ってたよ」

高科義明。通称義さん。彼は私の上司でメルディーの責任者だ。義さんは、前職が都内高級ホテルのレストランシェフだったこともあり、メルディーでは一流ホテルと変わらない味が楽しめると、近隣のOLさんたちにも人気だ。私が就職してからずいぶん目をかけてもらっていて、娘のように可愛がってくれる。今年五十八歳でまだまだ若いけど、まるで第二のお父さんみたいな存在だ。

「なにからなにまでありがとう。義さんにも心配かけちゃったな」

確かに私は今日、早番で九時から十八時までの勤務予定だった。

私の仕事の心配までしてくれるなんて、真美子はなんて気が利くんだろう。

「そりゃ心配もするよ、なんせ義さんにとって真希は娘みたいなもんだし？　じゃ、私は夜勤明けだからもう帰るけど、なにかあったらナースコール押してね」

夜勤明けなんて感じさせないくらいシャキシャキ動いてから、真美子は癒やしの笑顔を私に向けた。

「真希ちゃん！　あぁ、もう心配したんだから。転んで頭打ったって本当かい？」

ちょうど検査が終わってベッドでひと息ついていたとき、義さんが仕事前に私の病室に来てくれた。

「義さん、すみません。仕事に穴あけちゃって……午前中に仕込み頼まれてたのに」

「昨日、中原さんから連絡もらって、すでにシフトは調整済みだから心配しないでいいよ。それより頭のほうは大丈夫なのかい？」

「はい。相良先生には脳震盪だって言われましたけど、たいしたことなさそうです。だから午後からでも仕事に戻ろうかと……」

これ以上は迷惑かけられない。問題ないと言われても最近、メルディーの厨房担当がひとり退職して人手が足りないのは知っている。

「真希ちゃんが大丈夫だって言うなら、こちらとしては助かるけど、相良先生のお許しが出なきゃだめだよ？　あぁ、もうこんな時間か、慌ただしくてすまないね。仕事に行かないと……じゃあ、無理しないでゆっくりするんだよ？」

「ありがとうございます」

病室には時計がなかった。義さんが仕事に行くということは、そろそろメルディーが開店する十時なのだろう。義さんは目尻に皺（しわ）を寄せ、名残惜しそうに小さく笑った。

「具合はどうだ？」

義さんが病室から出ていき、しばらくすると今度は相良さんが検査結果の報告にやって来た。

「あ、相良さん。もうだいぶいいみたいです。色々お世話になりました。昨夜もお仕事が終わっていたのに、ご迷惑をおかけして……」

ペコリと頭を下げると、相良さんのクスリと笑う声がした。

「医者の勤務時間なんて、そのときの状況で変わるのは当たり前だ。検査結果も特に問題なかったし、退院していいぞ」

「はい！　午後から仕事に戻ります。午前中は休んでしまったので頑張らないとよかった！　退院許可が出たならもう大丈夫ってことだよね。

ホッと安心すると自然に笑顔になる。そんな私に相良さんが目元を和らげた。

既視感のあるその表情にドキドキと心臓が高鳴る。

「変わらないな」

「え？」

「いや、なんでもない。くれぐれも無理のないように。途中で具合が悪くなったらすぐ言ってくれ」

「わかりました」

私の返事に頷くと、ちょうど相良さんは呼び出されて忙しなく病室を後にした。

『変わらないな』

今、確かにそう言ったよね？　相良さんだって心配性なところ、変わらないじゃない。

この十年間、相良さんはどんな人生を送ってきたのだろう。離れていたときは長かったけれど、変わらぬ相良さんの姿にほんの少し胸が熱くなった。

退院が決まって私は早速、会計を済ませるために一階の受付カウンターへ向かった。

そこまではよかったのだけれど。

「えっ？　こ、これって、一日の入院費……ですよね？」

「はい。検査費用も込みでそれが合計金額になります」

愛想よくニコニコ笑顔を浮かべる受付職員の前で、私はあまりにも想定外な高額費用に顔面蒼白になっていた。

うちの病院ってこんなに高かったんだ。どうしよう、持ち合わせがないよ……。

父の入院費を給料から仕送りしているため、無駄遣いしないようにと普段から財布にお金をあまり入れていないのが仇となった。その請求金額は今すぐ財布から出せる金額ではない。

「あ、ちょっとお待ちください」

女性職員がカタカタとなにやらパソコンで確認し始める。

この病院の職員だし給料から天引きしてもらうか、カードを使うかどうしようか迷っていると。

「申し訳ありません。こちらの手違いでした。お支払いはもうお済みのようですね」

「……へ？」

思ってもみなかったことを言われて目が点になる。

どういうこと？

支払ったなんて覚えもないし、まさか母が私の入院のことを知って会計をしてくれた？なんてことも一瞬頭をよぎったけれど、それならまず電話をかけてくるはずだ。

「相良先生から先ほど会計があったようです。すみません。その請求書、破棄していただいても構いませんよ」

「え？　相良さんが？」

どうして相良さんが入院費の支払いを？

目を瞬かせてカウンターに前のめりになる私を見て、女性職員が怪訝な顔を浮かべている。

「あの、相良さんにすぐ連絡取れますか？」

「ただ今オペに入っているのでしばらくは……あの、相良先生のお知り合いの方でしょうか？」

〝相良先生〟ではなくうっかり〝相良さん〟と呼んでいたことに違和感を覚えたのか、尋ね返されてハッとなる。大抵の職員は「相良ドクター」とか「相良先生」と呼んでいるし、それにここの病院は職員を含め従事者が千人近くいる。同じ職場でも知らない顔も多い。

「あ、いえ、私、メルディーの調理師で……」

「職員の方でしたか、それなら連絡を取るようにこちらから伝えておきましょうか？」

「はい。お願いします」

「承知しました」

この人、相良先生とどういう関係？　身内でもないのにどうして入院費を？と言わんばかりの不審な一瞥を向けられて、私は恐縮しながら「よろしくお願いいたします」ともう一度頭を下げ、そそくさとその場を後にした。

今日は平日ということもあって、ディナータイムもそこまで忙しくなくゆっくりと時間が過ぎていった。

今夜も夜景が綺麗だなぁ。

メルディーは最上階ということもあり、厨房からでも見える夜景は決して見飽きることはない。ここが病院だということもついつい忘れてしまいそうになる。それもまたメルディーの魅力のひとつだ。

百席以上ある広い店内は解放感と優雅な雰囲気があり、病院内の患者のみならず、わざわざ遠方から食事をするためだけに来る人もいる。

「真希ちゃん、珍しいお客さんが来てるよ。ほら、あそこ」

食材の在庫確認をしているとき、後ろから義さんに軽く肩を叩かれて指差す方向へ視線を向けると、手にしていたピーマンをうっかり落としそうになった。

「相良さん⁉」

メルディーはオープンキッチンになっていて、ホールの様子がうかがえる。

彼は奥の窓際の席に座っていた。普段は白衣を羽織っているけれど、今は休憩時間のようでワイシャツ姿だ。そして慣れた手つきでネクタイのノットを緩めている。

「あの、ちょっと持ち場を離れていいですか？　相良さんに色々お世話になったのでお礼を言いたくて」

「ああ、いいよ」

義さんはなにも聞かずに快く承諾してくれて、私は足早に相良さんの座る席へ向かった。

「相良さん」

「お疲れ。ふぅん、シェフコート姿、なかなか似合ってるじゃないか、ちゃんと夢を叶えたんだな」

いかにも一流レストランのシェフといった私の出で立ちに、相良さんは見定めるように視線を上下に動かして眺めた。

高校を卒業して料理を学ぶために専門学校へ入学して、今は調理師として仕事をしている。それは相良さんが応援してくれた私の夢でもあった。

『私、高校卒業したら料理の専門学校に行くの！　調理師になるんだ。そしたら聖ちゃんに美味しいご飯たくさん作ってあげるね』

『それは楽しみだな、応援してる。頑張れよ』

色あせないまま、ちゃんと相良さんの中に私たちの記憶があるのが嬉しくて胸が熱くなる。

「調理師になりたいって言ったこと、ちゃんと覚えててくれたんですね」

つい昔の記憶にほっこりしてしまったけれど、私は相良さんに確認しなきゃいけないことがある。

「あの、入院費のことなんですけど……」

「入院費？　ああ、気にしなくていい。真希ちゃんが色々と大変なのは知ってるから」

え？　色々大変って……。

相良さんと再会するまでの十年間、私は彼がどこでなにをしていたのか知らない。

相良さんは私のことをどこまで知っているのだろう。もしかしたら店を畳んだことも、父が倒れて経済的に苦しい実家に仕送りしていることも知ってたりするのかな……まさかね。

「あんな高額な入院費を相良さんに出させるわけにはいきません」

「なんなら代わりにオムライスで返してくれてもいい。昔、よく作ってくれただろ？

ケチャップで子ブタを描いた――」

「ち、違います！　あれ、クマのつもりだったんですけど……じゃなくて！　その、今回は持ち合わせがなかったから立て替えてもらったってことで、必ずお金はお返ししますから」

ムキになる私を見て相良さんはクスクスと笑いをこらえている。こうやって茶化すところも昔と同じ。

私、もう二十七だよ？　まだ子ども扱いされてるのかなぁ……？

「あのとき、ちゃんと守ってやれなかったから、このくらいは当然だ」

「あのとき？」

相良さんの言う〝あのとき〟とはいつのことだろう。聞き返そうとすると彼の携帯にコールが入る。

「すまないな。ここで食べていくつもりにしてたんだが、呼び出された」

「じゃあ、持ち帰り用で作っておきます。私が作ったオムライス、せっかくなので食べてください」

残念そうに席を立つ相良さんにそう声をかけると、彼はパッと表情を明るくした。

「それは助かるな。実は朝からなにも食べてないから飢え死にしそうなんだ」

『真希ちゃんが作ったオムライスは絶品だな』

『ほんと？　嬉しい！』

ふと、昔の記憶が再び脳裏を巡る。親に頼んで仕込み中の閉めた店に特別に相良さんを呼び、初めて彼に手料理を作ったことがあった。確か中学三年生の頃だ。まだ恋心の自覚もなかったけれど、会話だけはまるで恋人同士みたいだった。今考えると、こそばゆい思い出だ。

「今日は何時頃お仕事終わりますか？」

「何事もなければ二十一時くらいかな」

今日は本来、早番だったけれど、シフトを十二時から二十一時までの遅番に交代してもらっていた。

「それなら私も同じ頃に仕事が終わるので渡しに行きます。どこかで待ち合わせませんか？」

「じゃあ、九時半に地下駐車場入り口でいいか？」

「わかりました。楽しみにしててくださいね！」

二十一時なら十分間に合うね。少し早めに行って待ってよう。

目元を綻ばせ、言葉以上に嬉しそうな相良さんの顔を見たらたまらなくなってドキドキしてきた。胸の内側でなにかが揺れてゆらゆらと温かな湯のようなものが流れて溢(あふ)れてくるような感じだ。

そして、その感覚には覚えがある。

や、やだな……相良さんが好きだったなんて、もう昔の話じゃない。

十年も経ってるんだから。

彼女だっているかもしれないし、もしかしたら結婚だってしているかもしれない。

相良さんがメルディーを後にして厨房に戻っても、私は胸の底で疼きだそうとしている感情に気づかないふりをするのだった。


秋も深まり、空気が乾燥しているせいか喉の奥が不快だ。

『真希ちゃん、相良先生のだからってずいぶん気合の入ったオムライスじゃない？　愛情たっぷりってやつ？』

卵を普段二個のところを三個使い、滑らかな仕上がりになるように何度も裏ごししていたら、ニヤニヤしながら義さんに茶化された。

しっかりケチャップでクマの顔を描いて、これを見たときの相良さんを想像すると思わず頬が緩む。

地下駐車場の入り口でしばらく待っていると、コツコツと踵を鳴らしながらこちらへ向かってくる足音が聞こえてきた。

「お疲れさまです」

「あぁ、お待たせ。行くか」

「え？　行くかって、どこへ行くんですか？」

ここでオムライスを渡して帰るつもりだったから、予想外のことを言われてきょとんとしてしまう。

「ここでオムライスもらって、はいさよなら、ってそんな薄情な男に見えるか？　家まで車で送るよ、こっちだ」

相良さんがポケットからリモコンキーを取り出して押すと、ピッと電子音が鳴って一台の白い高級車のロックが解除される。

「あの、オムライス、先に渡しておきますね」

「ありがとう」

ビニール袋の中を覗き込んで顔を綻ばせている。

そんな相良さんを見ていると素直に嬉しい。それから話の流れで互いの連絡先を交換してホッとひと息つく。

相良さんの車かぁ……。

車はある意味プライベートな空間だ。その中に入り込もうとしていると思うと、なんだか妙な背徳感を覚える。

黒のレザーシートだからか車内には高級感が漂っていていている。きちんと手入れされていて塵ひとつ落ちていない。

私は助手席に座り、続いて運転席に相良さんが乗り込むとナビを起動させて、住所は？と尋ねられた。

「ここからだと……渋滞してたりしたら少し時間かかるかもしれないけど、まぁ、積もる話もあることだしな、それとも急ぎの用事があったりするのか？」

「いえ」

『積もる話』と言われてドキリとする。ナビに住所を入力する彼の人さし指にふと目がいくと、さらに胸が波打った。

相良さんの指って、長くてしなやかで綺麗だな……。

この指先で器用に手術して、たくさんの命を救ってきたんだ。

「おのだ屋、店畳んだんだよな？」

「え？」

私、相良さんにお店畳んだって言ったっけ？

地下駐車場を出て、大通りに入ると相良さんが小さくそうつぶやいてハッと我に返る。進行方向をまっすぐ見据えて、その横顔はほんの少し切なげな影を浮かべていた。

「ええ、そうなんです。実は三年前、父が倒れてしまって……なんとか一命は取り留めたんですけど……今は地方の病院で療養中なんです」

「そうか」

相良さんは特に驚くこともなく神妙な顔で答える。

「実は俺、今の病院から契約の話があって、一ヵ月前にアメリカから帰国したばかりなんだが――」

「アメリカ……」

私の知らない相良さんの過去に触れ、この十年の間、彼はどんな暮らしをしてきたのだろう？と探求心が疼く。

「おのだ屋のことはずっと気になっていた。けど、忙しくてずっと帰国できなかったんだ」

聞くと相良さんは慶華医科大学を卒業後、医師免許を取得し研修医課程を終えて、脳神経外科専門の医療機関で臨床医として入職したらしい。その後、アメリカの大学にあるラボにて研究医として功績を残した後、母校の教授から『母校の附属病院で働かないか』と打診があったという。この十年間、彼は絵に描いたようなエリートドクターの道を歩んできたのだ。

でも、実家も大病院なのに外部からの契約にすぐOKしたりするのかな？

実家を継ぐ前に外の世界も勉強しよう、ってことかもしれないけど……。

相良さんには相良さんなりの事情があるのだろう。

「それでこの前、なんとか時間をつくって久しぶりにおのだ屋に行ったんだけど、そこで隣の和菓子屋のおばちゃんに、親父さんが倒れて千田記念病院に入院していること聞いた。おのだ屋を畳んだ話も」

そっか、隣のおばちゃんが教えてくれたのね。だから知ってたんだ。

「それに真希ちゃんが親御さんに仕送りしていることも話していたよ」

え、そんなことまで？

私は昔のよしみでおのだ屋と懇意にしてくれていた隣のおばちゃんに時々会いに行く。父が倒れ、店を畳んで私たち家族のことを心から心配してくれて、今どうしているのか聞かれた流れで仕送りの話をしたことがあった。

実際のところ仕送りもそう楽なものではなく、出費がかさんだ月などの仕送りは正直カツカツだ。けれど相良さんはなにも聞かずにそういった事情を察して入院費を支払ってくれたのだ。

「もう入院費のことは気にするな。なにかあったら俺に言ってくれ」

彼のさりげない優しさが身に染みた。温かく、包み込むような声音に思わず瞳が湿ってくる。

「ありがとうございます」

車はスムーズに新宿を抜け、私のアパート付近までたどり着いた。会話の合間にチラチラと運転する相良さんの横顔を盗み見てはドキドキして、そして改めて気がついたことがある。

今の相良さんはたくさんのことを経験して学生の頃よりもずっと男として磨きがかかったというか、今も昔も変わらず顔立ちは整っていて、ひと言でいうとカッコイイ。

彼女いるのかな、いるとしたらどんな人なんだろう。

きっと美人で優しい人なんだろうな。家事も得意で相良さんと同じように頭もよくておまけにスタイルもよくて……。

はぁ、そう考えるとなんだか切なくなってくる。

「昨日、彼氏なんていませんって言ってたよな？」

「へ？」

あまりにも唐突な質問に声が跳ね、俯き加減だった視線を上げる。

「はい。というか、今まで付き合った人もいません」

この年で今まで付き合った人がいない。なんて別におかしいことだとは思わないけれど、友人に言ったら「今どき珍しい！」って茶化されたことがある。だけど相良さんは特になにを言うでもなく顔色ひとつ変えずに「ふぅん」と頷いた。

「今まで付き合った人もいない。なんて、そんなのいらない情報でしたね」

自分で言っておきながら後悔した。乾いた笑いを浮かべ湧いてくる気まずさに居心地の悪さを感じていると、タイミングよく私のアパートの前で車が止まった。

「ありがとうございました。すみません、わざわざ送ってもらっちゃって……色々お話ができてよかったです」

相良さんと話していると不思議と落ち着いて居心地の良さを感じた。一拍置いて私は正直な気持ちを口にする。

「私、少し安心しました」

「え？」

彼が少し驚いた顔をして私に視線を向けた。

「初めはなんだか硬い感じがして、性格が変わっていたらどうしようかと思いましたけど、十年前とちっとも変わってなくて、ホッとしちゃいました」

こんなこと言って、だからなんだと言われればそれまでなのだろうけれど、正直な気持ちを伝えるだけで満足だった。

時刻は二十二時を回っている。相良さんは病院近くのマンションで暮らしているようで、またここから折り返して帰るとなるとさらに三十分ぐらいかかってしまう。

「じゃあ、おやすみなさい」

名残惜しいけどここは早めに切り上げよう。相良さん、明日も仕事だろうし。

そう思ってシートベルトを外そうとしたけれど、なかなかうまく外れない。あたふたともたついていたらふっと大きな影に覆われた。

「ちょっと待って」

私の前にかぶさるように彼が身体を寄せ、一瞬抱きしめられるのかと思った。仕事中ではありえない距離感が彼とプライベートな時間をともにしているという実感を起こさせる。

「外れたよ」

それはほんの一瞬だったけれど、相良さんの突然の急接近に心臓がバクバクいっている。

「すみません、ありがとうございます」

心の乱れを悟られないよう、ニコリと笑って助手席のドアを開けようとしたそのときだった。手を取られ、運転席のほうへやんわり身体が引き寄せられたかと思うと相良さんは私の頭を抱え込むように腕を回した。

「ひとりで無理するなよ、真希ちゃんは抱え込むタイプだから」

優しい言葉と一緒に相良さんが軽く頭をポンポンとする。ドキドキと鼓動が鼓膜を刺激して、時が止まったみたいに思えた。

「あ、あの……」

戸惑いつつ顔を上げると、目を大きく見開いたままの私の顔が相良さんの艶めいた瞳に映っているような気がした。どうして顔を上げてしまったんだろう。おかげでますますドキドキが止まらなくなってしまった。

「どうした？」

少し身を寄せればキスされてしまいそうな近距離だ。

「い、いえなんでもないです」

今にも火が出そうな顔を伏せ、小さな声で言うと相良さんがクスリと笑った。

『──あ、あの！　付き合ってもらえなくてもいいです。でも、せめて私のファーストキス、もらってくれませんか？　お願いしますっ！』

相良さんにフラれたときの記憶がフラッシュバックする。後からなんであんなこと言っちゃったんだろう、と激しく後悔したけれど、今、その告白した相手から抱き寄せられて言葉が出ないくらいうろたえている。

あのとき、決死の覚悟でキスをねだった私を相良さんは胸に引き寄せ、なにも言わず私に唇を重ねようとした。

『震えてるじゃないか、怖いんだろ？』

『初めてのものを中途半端に投げ出すようなことするな』

そう言って、結局相良さんはキスをすることなく私の頭に手をのせていつもの笑顔で微笑んだ。

そんな過去の思い出がこのタイミングで思い出されたのは、あのときと同じ今にも重なりそうな唇の距離だからだ。今でも鮮明に覚えていて、相良さんに抱き寄せられた瞬間、すべて呼び起こされた。

嫌な相手だったら思いきり突き飛ばして、ビンタのひとつでもお見舞いしているところだ。でもそうしなかった。本能的に。

私、もしかしてやっぱりまだ……。

十年前に密封したはずの相良さんへの想(おも)いは、開けてみればまだ新鮮で変わらないままなのかもしれない。

「お、おやすみなさい！」

居たたまれず、これ以上相良さんと一緒に車の中にいることができなくなって、私は転がり出るように車から降りた。私を呼び止める声を背後に聞きながら車のドアを閉めると、一目散に自分の部屋めがけて走り出した。

第二章　蘇る恋心

今日が休みでよかった。

昨夜のことがあるし、もし相良さんと鉢合わせしたらいったいどんな顔をすればいいのかわからない。思い出すだけで妙な動悸がする。

相良さん、海外暮らしが長かったからきっと挨拶のハグのつもりだったのかな？

きっと相良さんの悪い冗談に決まってる。

頭の片隅で小さくくすぶる期待をねじ伏せ、自分に無理やり言い聞かせることで気持ちを落ち着かせることにした。

今日は父が療養している『千田記念病院』へ行く日だ。新宿から電車で一時間、そしてバスに乗り継いでトータルで二時間はかかる長い道のりだ。

千田記念病院は緑豊かな丘の上にひっそりと佇んでいて、ストレスもなく穏やかに療養できる病院として有名だ。母も雑然とした都心の病院よりも、心休まる環境が気に入っているようだ。ただ最寄りの駅から本数の少ないバスにタイミングよく乗らなければならず、少しアクセスしにくいのが難点だった。

父の病室を訪ねると、席を外していた母がすぐ戻ってきた。

「あら、真希、今日は仕事休みなの？」

五十になる母は父のこともあってか以前は少しやつれて老けて見えたけれど、ここの病院に落ち着いてから気持ちの余裕ができたようだ。今は元来の溌剌さを取り戻している。

「うん。色々忙しくて二週間ぶりになっちゃったけど、お父さんの調子どう？」

病院へは一週間に一回のペースで訪ねるようにはしている。母も仕事をしている私に気を使って「来られるときでいいのよ」と言ってくれるけれど、やっぱり二週間も父の顔を見ないと落ち着かない。

「お父さん、最近私が来ると『毎日来る必要ない』なんて言っちゃって、本当はひとりで寂しいくせに。でも真希が来てくれると嬉しいみたいねぇ」

母がふふっと笑って父を見ると、父はほんの少し照れくさそうにした。

「そりゃ、娘が遠いところ来たんだ。嬉しいに決まってる」

最近の父は顔色もいいし調子がよさそうだ。もともとの性格で口数は少ないけれど、私がお見舞いに来れば嬉しそうな顔をする。

「真希、仕事のほうはどうなの？　忙しいんじゃない？」

「うん。まぁまぁかな。あ、そうだ！　あのね」

相良さんに会ったんだよ。そう言おうとして出かかった言葉をいったんのみ込む。相良さんに再会したことを話したとして、どういう経緯で会ったのかを必然的に話さなければならない。歩道橋の階段で転んで頭を打って、搬送された先の病院で処置してくれたのが相良さんだった。そう言ったらせっかく来たのに「転んで頭を打ったですって？　今すぐ家に帰って寝てなさい！」なんて言われそうだ。

「うちの病院に相良さんが一年の契約で常勤医として働いてるんだよ。先週からなんだって」

あたり障りのないようにかいつまんで言うと、それを聞いた母は目を丸くして案の定驚いた顔をした。

「え？　相良さんって、昔うちの店によく来てたあの相良聖一さん？　あらぁ、そうだったのねぇ、ずいぶん長いこと会ってないけれど……そう、立派にお医者さんになったのねぇ」

懐かしむように「まぁまぁ」とか「あらー」と言って、母も嬉しそうに顔を綻ばせていた。

「ずっとアメリカにいたみたい。今はうちの病院で勤務してるけど、いずれは実家の病院を継ぐんじゃないかな。元気そうだったよ」

　面会者用の椅子に座る母の横に椅子をつけ、私も父の顔色をうかがいながら腰を下ろす。

「それならよかったわ。相良さん、学生の頃はご実家の病院を継ぐことにずいぶんプレッシャーを感じてたみたいだけど、あまり愚痴も弱音も吐かないし毅然としていていつもお父さんと感心してたのよ」

　そうだったんだ。

　私には冗談ばかり言って明るい人だという印象だったけれど、父や母に見せる顔はまた別にあったのかもしれない。すると、また昨夜のハグのことが思い起こされ、急に頬に熱が集まってくる。

　な、なに考えてるんだろ、あれは相良さんの悪ふざけなんだってば！

「真希？」

「え？　あ、ううん、なんでもないよ」

　じっと俯いて一点を見つめる私を不審に思ったのか、私は覗き込まれた顔をフルフルと横に振って、乾いた笑いで「あはは」とその場をごまかした。

「真希、あなた相良さんのこと、まだ好きなの？」

突然、母に思いも寄らぬことを言われ、つくり笑いを顔に張りつけたまま全身が固まる。飲み物なんて口にしていたら、うっかり父に向かって「ブーッ」っと噴き出していたところだ。

「……へ⁉　な、ななに言ってるの？　なんでそう思うの？」

人からは「真面目な性格だから」なんて言われるけれど、私は昔から顔に出やすいタイプですぐに図星を指されてしまう。だから嘘や隠し事ができなくてよくからかわれる。おまけに母は私の考えていることをよく言いあてるから困ってしまう。「当たり前よ、母親なんだから」なんてよく言うけれど。見透かされているのが親だと思うと余計に恥ずかしい。

まさか、私がずっと好きだったこと……お母さん知ってたの？

あぁ、気まずい！

否定もできずにモジモジしていると母がニッと唇を弓型にする。

「うちの店の裏で真希が相良さんに告白してたところを実際見ちゃったし、今だって相良さんと再会したこと嬉しそうに話してたじゃない？」

「えっ⁉」

じゃあ、私がフラれたところも？　ファーストキスをもらってとかなんとか言ったくだりも……全部見られてたの？

はぁ、なによそれ、恥ずかしすぎる。

頭からシュウシュウと湯気が立っているみたいだ。そして真っ赤になっているであろう私を見て母はクスクスと笑った。

「別に、もう今はそんな気持ちないし、昔は憧れのお兄さん的な存在だっただけだよ」

苦し紛れの言い訳をしているのはわかっている。そんな私に母が急に真顔になってじっと私を見た。

「そう、ならいいの。同じ気持ちのままなら、きっと真希はつらい思いをするわ」

「……どういうこと？」

「だって、考えてもみなさい、大病院の御曹司としがない元定食屋の娘。どう考えたって釣り合わないでしょ？　それにねぇ、相良さんみたいな人は大抵親御さんから結婚相手を決められてるものなの。分不相応の恋愛なんてつらいだけよ」

母は昔から身分差がある男女の切ない話や、実らない初恋に悩むヒロインが登場する恋愛ドラマをよく観ている。それを自分の娘に重ねているのか、かなり影響されすぎな気もするけれど、母の言っていることもわかる。

「そんなこと言われなくても自分の身の程はよく理解してます！　それに、もう十年前の話なんだから、いつまでも引きずってるわけないじゃない。相良さんだって彼女いるかもしれないし、結婚してるかもしれないでしょ？」

そう言ったものの……。

恋人や奥さんがいたらあんなふうに抱き寄せたりするかな？

ましてや車の中だ。下手したら誤解されかねない。

あれはなんだったの？

相良さんの不可解な行動を考えれば考えるほど困惑してくる。

「ふふ、そうよね、お母さん余計な心配しちゃったわ。お昼まだなんでしょ？　病院の近くに小さなカフェがあるからそこでなにか食べようか」

とにかく、これ以上相良さんの話は母の前でしないほうがいい。

「うん、そうだね。お昼食べてなかったの思い出したら急にお腹減ってきちゃった」

ぐぅぐぅと催促するように鳴るお腹を押さえ、父にひと言声をかけると私は母とカフェへ向かった。


父の病院へ行った翌日の朝。

まだ疲れが取れていない身体を奮い立たせながら家を出て病院に到着する。職員専用出入り口のドアの前で「よし！」と気合を入れてノブに手をかけようとしたときだった。

「小野田さん、おはよう」

振り向くと、医療事務の多村君が鞄を片手に立っていた。確か私と同期で仕事の持ち場は違うけれど、彼とは友人が集まる飲み会で出会った。

「あ、おはよう」

「いい天気だね」

「う、うん」

彼に会うのはなんだか気まずい。なぜなら先日、いきなり告白されて断った相手だからだ。出会って以来何回か話をしたけれど、やっぱり私の中にいる相良さんの存在が大きかった。口数が少なく控えめな性格なのかと思いきや、意外にも積極的なところがあって、告白を断った後も、何度も食事や映画に誘われた。

「最近は仕事忙しいのかな？」

「うん、そう、だね。そこそこ忙しいかな、新規のメニューを考えたりして……」

なんとか言い訳を考えるけれど、嘘をつけない性格が仇となってしどろもどろになってしまう。

「そうなんだ、じゃあさ、リサーチ代わりに今度食事に行かない？　駅前に新しいイタリアンの店ができたんだ」

「へぇ、そんな店ができたのか、貴重な情報ありがとう」

いきなり横から声がして、見ると私服姿の相良さんが笑顔で立っていた。けれど目が笑っていない。

「あ、相良先生、お、おはようございます」

スラリと自分よりも頭ひとつ分背の高い相良さんを見上げて、多村君が委縮するようにペコリと頭を下げる。

「小野田さん、じゃあ、僕は先に行くね、話の続きはまた今度」

そう言って、声をかける間もなく多村君はそそくさとドアを開けて病院の中へ入っていった。

「相良さん、おはよう、ございます」

いきなり朝から相良さんを前にしておどおどしてしまう。

白衣を着ていない相良さんはあまり医者には見えない。ジーンズにブラウンのジャケットを羽織り、たくさんの書類などが入って重そうな革の鞄を手にしている。

「彼は？」

「多村君は私と同期で医療事務の仕事をしているんですよ」

「ふぅん、それで？　なぜ浮かない顔をしているんだ？」

先ほどまでのつくり笑顔がスッと消え、相良さんの声のトーンが低くなる。

う、そ、それは……。

「先ほどの彼となにか訳ありな感じだな、顔に出るからすぐわかる」

ここまで言われるともう隠し通す自信がないし、その理由もない。私は正直に以前、多村君から告白されて今でも言い寄られていることを話した。

「なるほど、ただでさえ親父さんのことで色々大変なのに、それ以外にも問題を抱えていたってことだな？」

「はい……」

「まぁ、同じ男として真希ちゃんを食事に誘いたい気持ちはわかる。俺もそのうちのひとりだからな」

相良さんの意外な言葉に視線を跳ね上げる。

「今日の仕事は何時に仕事終わる？」

今日のシフトは早番で本来なら十八時が終業時間だけど、今日は少し残業する予定だった。

「今日はやることがあって……八時には上がれると思います」

「そうか。俺も八時には出られそうだから、よければ今夜食事に付き合ってくれないか？　ゆっくり話がしたい」

「私と、食事に？」

相良さんに食事に誘われた。それだけでドキドキと胸が高鳴る。多村君に誘われたときは全然こんな気持ちになれなかったのに。

「やっぱりいきなり今夜って言われても困るか……」

誘われたことに一瞬戸惑っただけで拒否する理由なんかない。恥ずかしくて逃げ出したいのに気持ちが矛盾している。

「いえ、大丈夫です」

ブンブンと頭を振ると相良さんがパッと笑顔になる。

「じゃあ、仕事が終わったら職員専用出入り口の前で待っていてくれ」

「はい」

私の返事に満足したのか、軽く微笑むと先に歩いていってしまった。

どうしよう！　相良さんと食事に行くってわかってたら、こんな格好してこなかったよ。

今朝はなかなか起きられなくてぼんやりしたまま適当に服を選んで失敗した。今日は白のブラウスにサラッと羽織れる綿素材の淡い黄色のカーディガン、履きやすいからよく着回しているプリーツの入ったベージュのスカートだ。ネックレスやピアスも仕事中はできないからいつも身につけていない。

私って普段から結構、地味……だよね？

「今さら気づいたの？」と笑うもうひとりの私の声が聞こえたような気がした。

あぁ、だめ、やっぱり緊張する！

仕事が終わり、相良さんに言われた通り職員専用出入り口の前で待っていると、約束の二十時に相良さんが現れた。

「お疲れさまです」

「お疲れ、今日は車で来てないから歩きなんだ」

相良さんはいつも自家用車で出勤している。今日に限って車じゃないなんて珍しい。

「じゃあ、今日はこれから飲みに行くんですね？」

「あたり」

ん？　ちょっとまって、車で来てないってことは、最初から私を飲みに誘うつもりだったとか？

初めて相良さんと飲みに行く期待に胸を膨らませ、早々にその場を後にした。

相良さんに連れてきてもらったのは、雑居ビルのような建物の五階にある隠れ家的なラウンジだった。病院の最寄り駅からも近い。

「こんな場所にラウンジがあったなんて知りませんでした」

「俺の秘密の場所で、よくひとりでここに来るんだ」

相良さんの秘密の場所を共有してしまった。なんだかいけないことをしているような、そんな背徳感がこそばゆい。それにここは病院から近いこともあり、職場の誰かに見られたら、なんて思うと妙にドキドキする。

「いらっしゃいませ、二名様ですね」

店内は全体的に落ち着いていて、軽く落とされた照明が大人っぽい雰囲気を醸し出している。レジカウンターの前にショップカードが置いてあり、初めて相良さんと飲みに来た記念に一枚もらってバッグに入れた。

平日だというのにテーブル席は満席で、笑顔で迎えてくれたスタッフからカウンター席に通された。

　相良さんと隣り合わせで座ることに安堵の息をつく。正面から目を合わせたら、緊張して不自然におかしな言動が見え隠れしてしまうかもしれない。そして相良さんは間違いなく〝自信がない〟という私の心の揺らぎを察知するだろう。

「酒は飲めるか？　俺の記憶にある真希ちゃんはまだ未成年だったからな、こうして飲みに来るなんて不思議な気分だ」

　ソワソワと視線を別の方向へ飛ばしていると、隣でメニューをめくりながら相良さんがのんびりとそう声をかけてきた。

「ええ、まったく飲めないわけじゃないですけど、そこまで強くもないです。オススメとかあれば飲み物の注文は相良さんに任せます」

　温かいおしぼりで手を拭くと、じんわりと身体に温もりが広がっていくようだ。まだ冬というには早いけれど、上着がないと少し夜は肌寒い気候だ。

「それって、俺の前では酔ってもいいってことか？」

「え？」

「任せるなんて言って知らないぞ。俺がわざと強い酒を注文するような悪い男だったらどうするんだ？」

　相良さんが意味ありげにスッと目を細めて小さく笑う。

「べ、別にお酒で失敗したことないし、案外飲んでもちゃんと記憶あるんですよ、私」

「ふぅん」

相良さんが片肘をついて私の顔を覗き込む。

「そこは〝相良さんのこと信用してます〟って言ってくれたら嬉しいんだけど？」

そう言われると、気の利いた返しができない自分がいかに不慣れかに気づかされる。うぅ、そもそも男の人と一緒にお酒なんか普段飲まないし、それに相手が相良さんだと思うとなんだか調子狂う。

「とりあえずビールか」

相良さんは飲み物と一緒に数品のつまみになりそうなものを注文し、しばらくしてビールの注がれたジョッキで乾杯した。

「こうしてふたりで飲んでるなんて、なんだか不思議な感じです」

「俺の中の真希ちゃんはまだあどけなくて、けど十年も経てば変わるものだな、いろんな意味でね」

十年も経てばかなり変わると思うけど、いろんな意味でね、って？　どういうこと？

もしかして女性として成長した……とか？

そんなふうに都合よくとらえてしまう自分が恥ずかしい。食事に誘ってくれるくらいだから、悪い意味ではないと思うけれど。

こんがり焼いたベーコンにホクホクのじゃがいも、その上にとろりとしたチーズがかかった相良さんのオススメや、野菜たっぷりヘルシーな豆腐サラダ、ピザなどが次々と運ばれてきて、あっという間に目の前がいっぱいになってしまった。

「特に好き嫌いなかったよな？」

「はい！　美味しそうですね、どれから食べようか迷うなぁ。あ、取り分けましょうか？」

「ああ、俺はいい、適当に自分でやるから」

相良さんは頬杖をつきながらやんわりと笑って私を見ている。その笑顔が優しくてドキッとしてしまう。

「なんか、楽しそうですね」

「まぁな、久々にゆっくりした時間が取れたし、それにこうして一緒にいると自分がまだ医大生だったときのことを思い出す」

ともすれば店内で流れるジャズに紛れてしまいそうな、吐息交じりの相良さんの声に自然と視線が吸い寄せられる。彼は私に横顔を向け、どこか遠くを眺めていて過去を思い返すようなその顔に学生だった頃の相良さんの姿が重なった。

当時の相良さんは、ちゃんと食べてるのかと心配になるくらい今より腰も首も顎も細くて、髪も少し短かった。でも、今目の前にいる相良さんは違う。

各段に男性として成長していて背格好も逞しくなった。話し方も落ち着きのある口調で大人の雰囲気が私の。

私がじっと見つめていることに相良さんは気づいているだろうに、彼は視線を前に向けたままでゆるゆると口の端に笑みを浮かべた。

「親父さんの具合はどうだ？」

急に話を振られてハッとする。

「特に変わりはないです。入院生活は『退屈だ、早く退院したい』って言ってます」

「あはは、親父さんらしいな」

相良さんが明るく声に出して笑う。

父のことをこうして心配してくれて嬉しい。きっと父もそれを知ったら喜ぶだろう。

「隣のおばちゃんが親父さんの入院先を教えてくれたおかげで今どこにいるかわかってよかったよ」

「連絡できなくてすみませんでした」

「謝る必要なんてない。色々大変だっただろうし」

普段飲まないけれど今夜はお酒が進み、ほろ酔い気分になると相良さんといる緊張もいくぶん紛れるような気がした。

「おのだ屋があった場所に別の店が建っていたのを見てさすがにショックだった。女将さんも真希ちゃんも、どこに引っ越したかわからなかったし、連絡しようにもできなくて……だからあの病院に君が搬送されたときは柄にもなく運命だって思った」

チラッと私に目を合わせはにかみながら笑う。そして相良さんは照れ隠しするように楊枝(ようじ)でつくねを刺してパクッと口に放り込んだ。

運命か……。

私と再会できて相良さんもよかったと思ってたりするの？

相良さんの言う〝運命〟とはどんなものだろう。そんなふうに笑顔を向けられたら、勘違いしそうになる。

「千田記念病院に俺の同期がいるんだ。まぁ、医者とはいえ家族でもない部外者だから、詳しい患者情報の開示はしてもらえなかったけどな」

わかってはいたけれど、情報は得られなかったことが残念だった、という意味を込めるように相良さんは力なく言葉の語尾を弱めた。

「なにかあったらすぐに言ってくれ、俺も真希ちゃんの力になりたいんだ」

それって、医者として相談に乗るっていうこと？　それとも……。

異性として？　なんて都合のいいことが頭をよぎって慌ててかき消す。相良さんはただ父のことが心配だから善意でそう言ってくれているだけなのに。

なに考えてるんだろ……。

「時々、真希ちゃんが無理して笑っているんじゃないかって、そう思うときがあるんだ」

やだな、顔に出したつもりはなかったんだけど……相良さん、どうしてすぐわかっちゃうんだろう。

「無理なんてしてません、私は大丈夫です」

これ以上、相良さんに心配をかけられない、と笑顔になる。

「俺には嘘はつかないでほしい」

まっすぐ私を見つめる相良さんの瞳にドキリと心臓が波打つ。咄嗟につくった笑顔など、彼にはお見通しなのだ。

「事をうまく運ぶには、誰かの助けも必要だろう？」

相良さんは今まで私の想像もつかないようなたくさんのことを経験してきた。だからこその心の余裕が垣間見れて——。

「なんでもひとりでこなさなきゃって、そう思うと本当は疲れてしまうこともあって……」

と、つい本音が出てしまった。

「相良さんにそう言ってもらえて、なんだか急に元気が湧いてきました」

ニコリと微笑むと彼も笑顔を返してくれた。

「もともと頑張り屋だから、ずっと気丈に振る舞ってきたんだろうな」

相良さんの言葉に、自分の中でくすぶっていた悩みや迷いなど、すべてのマイナスの念が徐々に解きほぐされる。温かな感覚に包み込まれ、頭がぼんやりしてきたかと思うと次の瞬間、目から怒涛のごとく涙がこぼれ落ちた。

大人になった今でもこんなふうに相良さんの前で泣いてしまうなんてみっともない。

昔は友達とケンカしたときや、せっかく相良さんに勉強を教えてもらったのにテストでいい点を取れなかったとき、親と言い合いしたとき、めそめそ泣いては相良さんに慰めてもらったことを思い出す。

「泣きたいときは、ちゃんと泣いたほうがいい。我慢するな」

すっと頭の上に温かくて大きな彼の手がのせられる。

あぁ、昔もこうやって慰めてもらったなぁ。

相良さんはそっと震える私の肩を優しく抱き寄せ、抵抗することなく自然に身を委ねた。

なんでだろ、いつも人前で泣いたりなんかしないのに……もしかして、ここに連れてきてくれたのは私を励ますため、だったりするのかな？

こんなふうに優しくされると勘違いしそうになるよ。

「かなり酔ってるな？」

「……はい」

「ちゃんと帰れるか？」

帰る？　そうだ、この時間は永遠には続かない。でも、このままずっと相良さんと一緒にいたい。

だから、帰りたくない。

「わかりません……」

カウンターの上にひとしきり食べ終わった皿と、ひと口残したカクテルが入ったグラスをぼんやりと眺めながら、わざと相良さんを困らせるようなことを言ってみる。

「しょうがないな」

あきれられたらどうしよう、そんな不安な私を包み込むような優しい相良さんの言葉にますます身を委ねてしまいたくなる。

スッと席を立つと相良さんはいつの間にか会計を済ませ、「そろそろ行くぞ」と私に目で合図した。


うぅ、きもぢわるぃ。

完全に悪酔いしてしまった。しばらくしたら酔いが回ってきて店の中ではまだ保てていた平衡感覚もタクシーを待っている間にだんだん怪しくなってきた。

そういえば、久しぶりにお酒飲んだな。

だからこんなに酔っちゃったの？　それとも相良さんといたから？

朦朧（もうろう）とした頭で考えてもなにも答えは出てこない。相良さんにタクシーに乗るように促され、言われるがままになっているといつの間にか知らない高級マンションの前に立っていた。

「あ、の……ここは？」

「俺のマンション」

「へ？」

それを聞いてすべての酔いが一気に吹っ飛んだ気がした。

彼の住むマンションは五十階建てで、エントランスはホテルのロビー並みに広かった。ガラス張りのエントランスからは共用庭園が見え、玉砂利が敷きつめられた庭には小さな池や石灯篭などもも置かれていて、ほかにもデッキテラス、コミュニティルーム、ラウンジ、展望ロビー、スポーツジムなどなどの施設が充実しているという。

「ここは西新宿で慶華大の病院まではすぐだ。ここから車で十分もかからない」

西新宿といえば、オフィス街のコンクリートジャングルというイメージだったけど、こんなホテルみたいなマンションがあるなんて知らなかった。相良さんはいつ呼び出しがかかってもすぐ病院に駆けつけられるようにこの物件を選んだのだろう。

でも、どうして私をここへ連れてきたんだろう？

あのままタクシーに押し込んで、私を中野のアパートまで帰すこともできたはず。

どうしよう、私、もしかして……このまま相良さんと？

もわもわと浮かんだよからぬ妄想を押し込んで言葉少なめにエレベーターに乗ると、相良さんが最上階のボタンを押す。ドアが閉まるといよいよ逃げ場がなくなった。

考えすぎだって、いくらなんでもいきなりそんなことにはならないよね？

〝そんなこと〟を思わず想像するとだんだん心拍数が上がってきた。

高鳴る心臓と目眩に倒れそうになりながら、エレベーターが最上階に到着した。

「入って。書類が散らかってるけど、気にしないでくれ」

相良さんの部屋は角部屋で、カードキーで施錠が解かれると未知なる世界が開かれるようでゴクッと息をのんだ。

「お、お邪魔します。わっ！」

「おっと、大丈夫か？」

靴を脱ごうとしてバランスを崩しかけたところを相良さんに支えられる。

「本当に酔ってるだけか？　ほかに四肢が痺れたり、物が見えづらかったりしないか？」

「いえ、大丈夫です」

相良さん、私が頭を打った後遺症のことをまだ気にかけてるのかな。

支えられたまま玄関から延びた廊下をゆっくり歩く。突きあたりのドアの向こうはおそらくリビングだろう。それまでにバス・トイレ、使っていないという二つの部屋は書類や医学書など保管するための場所になっていて、あとは寝室と空き部屋のようを止めた。

リビングのドアを開けた瞬間、自動で部屋の照明がパッとついて、そして思わず足を止めた。

「わぁ、すごい」

相良さんの住む部屋は4LDKでリビングは二十畳くらいの広さがある。廊下から入って真正面の大きな窓からは新宿の夜景が一望できた。ひとり暮らしには広すぎるリビングは大型の壁掛けテレビと六人は優に座れる黒い革張りのL字のソファー、ローテーブルを挟んで一人掛けのソファーもある。ダイニングには六人掛けの黒光りした大理石のダイニングテーブルと飾り棚が置かれていて、散らかっているというわりに物自体は少なく、声もよく響く。真っ白な部屋の壁に黒で統一されたソファーやテーブルがモノトーンで落ち着きのあるすっきりとした空間だ。

「いいところに住んでるんですね、毎晩こんな綺麗な夜景見られるなんてうらやましいです」

「夜景だけは毎晩見ていても見飽きないから不思議だ。横にならなくていいのか？」

「はい、だいぶ酔いがさめてきたみたいで……きゃあ！」

相良さんに笑顔を向けたまではよかったけれど、足元に分厚い本が置いてあることに気づかず真後ろへ身体がよろけてしまった。

あぁ、またあのときと同じだ。なににも掴まることができず頭を打って……。

私、全然大丈夫じゃない。

酔いがさめたなんて気のせいだった。フローリングに身体ごと倒れ込む痛さを想像してギュッと目を閉じる。が。

あ、あれ？

瞬時に全身がなにかに包み込まれた気がして、恐る恐る目をうっすら開けると。

「ギリギリセーフ！　大丈夫か？」

心臓が跳ね上がるくらいに相良さんの顔が近距離にあって目を瞠る。そして、私が後ろへ倒れ込む前に相良さんが身体をフローリングから守ってくれたと理解する。

「ほんと、片づけないのは俺の悪い癖だな、ごめん。また怪我をさせるところだった」

相良さんは私の背中に手を回したまま片方の手でその本をローテーブルに置くと、再びその腕で私を包み込んだ。

「あ、あの」

話を続ける彼には、すぐに身体を起こして離れる気配はない。むしろ徐々に抑え込まれているようにも思える。

「俺も酔ってはいないとはいえ、酒が入ったら……我慢できない」

しっとりと低い声で甘く囁(ささや)かれ、その艶めいた揺れる瞳に耳から全身に小さな震えが走る。

「相良さ――」

「ふたりきりになったら色々聞きたいことがあったんだが……もう限界だ」

そう言いながらゆっくりと相良さんは私の肩口に顔を埋(うず)めた。

「ひゃっ！」

首筋に彼の吐息がかかって妙な声が出てしまった。

このまま流されて相良さんと……そういう関係になっていいのか、自問自答する。

相良さんってこんな肉食だったの？

いくらなんでも急すぎるし！　まだ全然心の準備できてないし！　いやいや！　心の準備って私は相良さんとは――。

「ん？」

ズシッと体重がかかったところで異変を感じた。

「あの、相良さん？　もしもーし」

背中をポンポンと軽く叩いても反応がない。身体にまったく力が入っていないみたいだ。

やだ！　どうしちゃったの⁉

まさか、相良さんの身体になにかあったんじゃ。

「相良さん？　相良さん！　さがら――え？」

慌てて身じろぎしたところで、鼻からスースーという寝息のような呼吸が聞こえてきてピタリと思考が止まる。

もしかして、寝てる？

何度も身体を揺すぶっても「うーん」と唸るだけ。相良さんは私に覆いかぶさりながら完全に寝ていた。

もう！　相良さんってば、びっくりさせないでよ……。

時間に余裕があるとはいえ、こんなにすぐ寝息を立てるくらい寝落ちするなんて、実際のところ仕事はかなり忙しく疲労もたまっていたのだろう。

『もう我慢できない』とか『限界だ』なんて言うから私、てっきり……うぅ、恥ずかしい！

我慢の限界だったのは〝眠気〟だったことに気づきボッと顔に熱がこもる。

相良さんに限っていきなりあんなふうに襲うわけがない。そう思い直すと自分の勘違いが恥ずかしく思えてならない。

彼の身体に異常がないとわかり、はぁ、と安堵のため息をついて窓の外へ視線をずらすと大きな満月が煌々と瞬いていた。

そして翌朝。

「昨夜はすまなかった!」

パン!と手を合わせて相良さんはバツが悪そうに頭を下げた。

「いえ。でも安心しました。なにかあったんじゃないかって心配しましたよ。さすがにひとりでベッドまで運べなくて……身体、痛くなかったですか?」

昨夜、なんとか覆いかぶさる相良さんから脱出して一度は寝室へ運ぼうと試みた。けれど、彼の体格は意外にがっちりしていて引きずることすらできなかった。だからクッションを頭に挟んでソファーに置いてあったブランケットをかけて、そうこうしているうちに夜が明けてしまった。

「最近は熟睡できないことが多くて、でも昨夜は不思議とよく眠れたんだ。真希ちゃんのおかげかな?」

うーん、と両拳を天に突き上げて相良さんは気分爽快!というよう大きく背伸びをした。そんな姿を見て相良さんから〝深い関係〟を求められている。なんて勘違いしたりして思わず苦笑いがこぼれる。

「もしかして、相良さん、相当疲れてたんじゃないですか？　あんなにすぐ寝息立てるくらいだったし」

「あはは、なんか情けないな、けど、昨日はすごく充実した一日を過ごせた。充電完了だ」

グッと相良さんが親指を立ててバッチリアピールをする。

昨夜は疲れきった身体にお酒が入ったせいで猛烈な睡魔に襲われ、強制的にお休みモードに入ったということらしい。

やっぱりそうだったんだ。普段、あまりよく眠れてないのかな？　夜中でも病院から呼び出されることもあるし。今のところ仕事は落ち着いているとは言っていたけれど、やっぱり忙しいのには変わりない。それなのに私と飲みに行くためにわざわざ時間を割いてくれたんだ。

そう思うと嬉しい反面、貴重な相良さんの休息時間を取ってしまった罪悪感に見舞われる。

「悪い、時間がない。朝イチでカンファレンスが入っているんだ。もう行かないと」

相良さんは慌ただしくシャワーを浴びて服を着替えた後、スマホをチェックする。

時刻は八時。

私も九時出勤の早番のときはこのくらいの時間にいつも家を出て、職場に向かっている頃だ。

「あの、いつも朝食とかどうしてるんですか？」

相良さんがシャワーを浴びている間、少し部屋の周りを見せてもらった。

キッチンはすごく充実してるのになぁ。

リビングの奥に大理石のアイランドキッチンがある。キャビネットの下に間接照明が仕込んであって陰影がおしゃれな印象だ。業務用かと思うようなステンレス製の大きなオーブンは超有名ブランドのもので、作業がしやすそうなスペースにシンクも広い。

すごい、高級な家電や器具ばかり……。

ナイフの種類も有名なメーカーのもので豊富に取り揃えてあり、鍋やフライパンなどの器具もひと通り揃っている。それなのにどれも新品同様なくらいにピカピカと光っていて、それは普段、相良さんが料理をしない。ということを物語っていた。

学生時代から料理はしないと言っていたけれど、今も昔も変わらないのね。あぁ、こんなにいい設備が整っているのにもったいない！　このひと言に尽きる。

「朝食なんてとらないな。コーヒーで済ませる」

「朝はしっかり食べなきゃだめですよ？　一日の始まりは朝食からって言うじゃないですか、それに医者が倒れたりなんかしたら患者さんに対して全然説得力ないですよ？」

職業柄、食に関してはうるさいのは自覚しているけれど彼の場合、仕事量に対して全然エネルギーが足りてないいんじゃないかと心配になってくる。

「まぁ、な。真希ちゃんの言うことはもっともだ。けど、俺が料理しないことなんてキッチン見たらわかるだろう？　なにを隠そう俺は料理が苦手だ」

もう、そんな自慢げに言わないでよ。

「俺の母親も料理なんてする人じゃなかったからな、だから親父さんたちの作ってくれる食事がたまに恋しくなる。あ、もちろん真希ちゃんのオムライスも美味しいけど」

そう言いながら車のキーを手にしてニッと笑う。

相良さんのお母様、料理をしない人だったんだ……だから手料理をあんなに美味しそうに食べていたのかもしれない。頻繁にうちの店に通っていたし。

そう思うと相良さんの笑顔になんだか切なさがこみ上げてきた。

　彼は学生時代、よくおのだ屋に来てくれた。常連客は近所のサラリーマンが多かったけどそんな中、学生で週に三日も通ってくれていたのは相良さんくらいだ。

「あのさ」

　相良さんが急に真面目な顔つきになって私を見る。

「昨日の朝会った同期だっていう、多村君……だったか？　結構しつこいのか？」

　突然、多村君の話が出てきて言葉に詰まる。実は昨夜、相良さんの家にいるときもデートに誘うメッセージが何件か入っていた。まるで相良さんに見透かされているような気がする。ここで嘘をついてもどうせバレる。だから私は昨夜もメッセージが入っていて、正直困っていることを伝えた。

「はぁ、やっぱりか……女の勘があるように、男の勘ってのもあるんだ。そんなことだろうと思っていた」

　やれやれというように相良さんが首を振ると、引き出しからなにか取り出す。

「これ」

　相良さんから手渡されたのはハードタイプのカードだった。

「これは？」

「この家の鍵だ。いきなりそんなの渡されて戸惑うかもしれない、けど、なにか困ったときや、ひとりでいたくないときはいつだってここへ来てほしい」

突然、部屋の鍵を渡されてしばらく呆然(ぼうぜん)としていると、私が戸惑っていると思ったのか相良さんが優しく微笑んだ。

「そんな重く考えないでもいい」

「でも、入院費だって借りっぱなしで……こんな、迷惑かけられません」

「迷惑って、具体的にどんな？」

そ、れは……。

そもそも迷惑をかけるつもりなんてないし、具体的にと言われたら言葉に詰まる。

「迷惑だって思ってたら、初めから家の鍵なんて渡さない。だから、それを持っていてくれ」

私にカードキーを握らせるように、相良さんが私の手の甲を包み込む。

「ありがとうございます。じゃあ、せめて私にもなにか役に立てることはありますか？」

いくらなんでも相良さんに甘えっぱなしはよくない。自分もなにかできないかとあれこれ考える。

「せっかくお部屋の鍵をもらったんだし、お掃除でもお料理でも——」

「じゃあ、俺が今の病院にいる間、恋人のふりをしてくれないか?」

「え……?」

予想だにしない彼の発言に短く声が出た。

今なんて? 恋人のふり?

相良さんはいたって真面目な顔をしている。

冗談を言っているようには見えないし、聞き間違いでもなさそう……。

「実は、今の病院の院長の娘に結婚を迫られていて、俺も少し困っているところだったんだ。彼女に限らず結婚よりも今は仕事に専念したい」

眉尻を下げながら相良さんが小さく笑う。

え、院長先生の娘って……友梨佳先生から?

慶華医科大学付属病院院長のひとり娘、園部友梨佳先生は患者さんから〝友梨佳先生〟と呼ばれて親しまれている。年は三十でまだ未婚らしいけれど、誰が見ても美人でスタイルもよく、セクシーな白衣の胸元からは高価なブランドアクセサリーがちらりとよく覗いている。さらに心臓血管外科の名医として、遠方からの手術希望者が多数この病院へやって来るという人気ぶりだ。

「その多村君だけど……」

相良さんと友梨佳先生、美男美女が並んでいる姿をモヤッと想像していると彼が多村君について口を開いた。

「なかなか諦めの悪い男みたいだけど、きっと真希ちゃんに恋人がいないと知ってるんだ。だからいつか自分にもチャンスがあると思ってアタックし続けているんじゃないか？」

断っているのにしつこく何度も誘ってくるのはなんでだろう、と思っていた。相良さんにそう言われ、私は初めて気がついた。だとしたら、偽装でも相良さんと付き合っているとわかれば、多村君ももう追いかけてはこないだろう。私と同じように相良さんも院長先生の娘から言い寄られているのなら、偽装恋人として彼の役に立てるかもしれない。

「私に相良さんの恋人役なんて務まるでしょうか？　どんなことをしたらいいのか……」

恋人のふり、というのはわかっているけれど、やっぱり少し不安だ。そう思っていると相良さんの腕が伸びてきて私を胸に引き込んだ。

「一週間に一度一緒に食事をする。デートで買い物に出かけてもいい」

「食事、ですか？」

「ああ、そうは言っても真希ちゃんは普段仕事で料理をしているからな、帰ってきて俺にまで料理をする必要はないよ、外食だって構わない」

きっと相良さんのことだから夜景の綺麗なフレンチレストランとか、メディアで取り上げられているような流行のイタリアンレストランとかで食事をしようと、かえって気を使わせてしまうかもしれない。それはそれで素敵だけど、やっぱり手料理を食べてもらいたい。

「もしよかったら、私が食事を作ります。料理はもともと好きだから全然苦じゃありません」

引き込まれた腕の中で私が顔をあげると、相良さんと目が合う。

むしろ、私が作った料理を相良さんに食べてもらえるなら嬉しい。すると、相良さんの表情がパッと明るくなって頬を綻ばせた。

「いいのか？　それは助かるな。じゃあ、週に一回は一緒に食事をしよう。真希」

え、今、真希って……？

突然、下の名前をサラッと呼ばれてポッと頬に熱を持つ。聞き違いじゃないかと耳を疑っていると、相良さんがクスリと笑った。

「どうした？　そんな驚いた顔をして」

いきなり「真希ちゃん」ではなく「真希」と呼ばれて戸惑いを隠せない。

「い、いきなり真希って呼ばれて……ちょっとびっくりしただけです」

「建前上でも恋人同士なんだから、下の名前で呼び合うくらいいだろう？」

スッと頭に手をのせられ、撫でるようにゆっくりその手が頬へ滑る。

「そう、ですね。わかりました。でも――」

「無理に焦らなくていい、俺は真希って呼ぶけど」

「聖一さん」心の中でそう呼んでみたけれど、やっぱり気恥ずかしさと不慣れな感じがして口に出すにはまだ違和感がある。そう言おうとしたら、すでに私の気持ちを汲み取ったかのような言葉が返ってきて、喉の奥で押しとどまる。

「……はい。よろしくお願いします」

本当にこれでいいのかという不安もあるけれど、これで偽装恋人が成立したというように相良さんが小さく微笑んだ。

相良さんは昨日今日初めて会った人でもない。会えない期間も長かったけれど、気心の知れた仲だと思う。偽装でも今日から私と相良さんは恋人同士だ。

恋人、か……。

その響きになぜか嬉しいと思っている自分がいる。この先のことを考えるとこそばゆくて、私は顔を伏せて思わず頬を緩ませた。

はぁ、恋人のふりっていっても、実際どこまでの関係なのかな？

一緒に映画に行ったり、遊園地に行ったり、ショッピングモールで買い物したり……それこそ手をつないで恋人らしい光景を想像したら自然に口元が緩んでくる。

相良さん、もっと栄養のあるもの食べてほしいなぁ、あ、そうだ、さっそく今夜夕ご飯なにか作ってあげようかな。

今日もメルディーはお客さんで賑わっていて、とても病院内とは思えない雰囲気だ。

そんな中、私は厨房でチャキチャキと手先を動かして、高速でりんごの皮をむきながら頭の中はまったく別のことを考えていた。そのとき。

「小野田さん」

名前を呼ばれてそのほうを向くと、多村君が神妙な面持ちでカウンター越しに立っていた。そういえば何件かメッセージをもらったけれどうっかりして返事をしていない。きっと彼はそのことを催促しに来たのだろう。

「多村君、ごめんね、この前メッセージもらってたんだけど返事できなくて……」

「僕のメッセージには気づいてたんだね、今度新しい映画を観に行かないかってお誘いの内容だったんだけどさ」

「あ、あのね、実は今お付き合いしている人がいるの」

偽りの恋人だけど、一応恋人だ。嘘じゃない。そう思うと少しは罪悪感から逃れられてスッと言葉が出てくる。

「だから別の男の人と出かけるとか、メッセージのやり取りとかできないんだ。ごめんね」

仕事中だというのに、こんなところで込み入った話をしたくない。もう少し気を使える人だと思っていただけに残念な気持ちになる。

「ふぅん、そうだったんだ。いや、いいんだ。こちらこそ邪魔してごめん」

多村君はニコリとするけれど、なんだか目が笑っていないようでゾクッとした。

「真希？　ねぇ、真希じゃない？」

「え？」

下げていた目線を跳ね上げると、目の前にパリッとスーツを着こなした女性が多村君の横に立っていた。

「……由美（ゆみ）？」

色白でキリッとした利発そうな目。スラッとした身長。キャリアウーマンっぽく長い髪をきっちり結い上げている。凛とした美人顔で私に微笑むのは、高校の同級生で仲のよかった秋山由美だった。突然の由美の登場に多村君は「仕事に戻るよ」と言ってそそくさと去っていった。

「そうだ、前に会ったときに真希、ここの病院で働いてるって言ってたっけ?」

由美は多村君のことについて深く聞いてこなかった。それが彼女なりの気遣いで、そういう優しい性格も変わっていないようだ。

「うん、そうなの。久しぶりだね。元気だった?」

「もちろん元気よ。真希も相変わらずだね」

高校のとき仲がよかったとはいえ、卒業して進路が別々になると次第に疎遠になっていくものだ。由美とは去年結婚した友人の披露宴で偶然再会した。疎遠になっていた時間を埋め合わせるように話が盛り上がり、披露宴が終わってからふたりで飲みに行った。それからたまにメッセージのやり取りをしていたけれど、実際会うのは半年ぶりだ。

「そういえば、由美の仕事、MRって言ってたよね?」

MRとは、医師に自社の薬の成分や使用方法、効能などについて説明し、副作用や認可前の薬の情報など、カタログや医薬書に記載されていない薬の情報を伝達する専門職のことだ。欧米では医療チームとしても認識されているという。

「そうなの、よく覚えてたね。実は今度からここの脳神経外科の先生の営業担当になったのよ」

「え？　そうなの？」

由美は大手製薬会社である堀川製薬のMRで、確か両親とも薬剤師だった。親の背中を見て育ったのか、由美も同じく薬剤師だ。美人で頭もよく〝才色兼備〟とはまさに彼女のことだ。

「脳神経外科……」

「うん、相良先生って知ってる？　イケメンだって聞いてちょっと楽しみだったりするんだよね」

いたずらっぽく笑う由美はなんといっても可愛い。なにをしても世の男性から許されそうなタイプだ。高校時代によく告白されてモテモテだったのを覚えている。

「相良先生知ってるよ。腕がいいって評判の先生だから」

「そうなんだ。今日は担当替えの挨拶に来ただけ。早く来すぎちゃったからコーヒーでも飲みながら時間つぶそうかと思ってたんだけど、まさかここで真希に会うなんてね」

そう言いながら由美はスマホで時間を確認する。

「あーやっぱり時間がないかも、ごめん、もう行くね、今度また飲みに行こう」

そう言って彼女は忙しなくその場を後にした。

由美、今度からここの病院担当するんだ。

しかも相良さんの担当……。

もわもわっと相良さんと由美が笑顔を交わしながら話している様子を想像する。美男美女で想像するだけでも絵になるふたりだ。

こんなこと考えてちゃだめ。それより相良さんの今晩の献立考えなくちゃ！

マイナスのことを考えてモヤモヤするのは私の悪い癖だ。

気持ちを入れ替えて私は仕事をする手を進めた。

第三章　偽りの恋人生活

偽りの恋人生活が始まって初日からさっそく一緒に家に帰ったり、仕事終わりに夜景ドライブに行ったりと恋人らしく時間を過ごした。まだ始まって間もない関係だけど、なんだかずっと前からこうして一緒にいたような気がする。

「うん、美味しいな」

ダイニングテーブルの向かいに座る相良さんが満足げにしているのを見て、私も幸せな気分になる。

あんまり食事をする時間がないみたいだったし食が細いのかと思いきや、そうでもなくあっという間にほとんど平らげた。

偽りの関係が成立して五日目。

週一ペースで手料理を振る舞うということだったけれど、相良さんがあまりにも美味しそうに食べてくれるのが嬉しくて、週二、三でもいいような気がしてきた。

今日は自分の仕事が終わると、急いで病院の近くにある小さなスーパーで買い出しをして、夕ご飯を作りに彼のマンションへやって来た。

「お仕事お疲れさまです」とレセプションの前を通ると美人コンシェルジュに笑顔を向けられるあたり、どうやら私がケータリングサービスのスタッフかなにかと思っているようだ。

まぁ、ケータリングサービスって言われても似たようなものだけどね。

大抵、相良さんの帰宅は二十二時前後。

夕食の支度が出来上がる頃、ちょうどいいタイミングでいつも帰ってくる。

「こってりしたものが食べたい」と言う相良さんのリクエストに応えて今夜のメニューはトンカツ定食にした。サクサクに上げたトンカツに彩り豊かなサラダを添えて、ほうれん草の味噌汁ときゅうりのお新香といった感じだ。

「おのだ屋で食べていたトンカツと同じだ」

「ならよかったです。料理は父によく教わってましたから」

私が作った料理を目の前で美味しいと言ってくれるのは嬉しい。けれど父から教わったままのレシピだと、どうしても自分の料理という感じがしなくて少し複雑な気持ちになる。

今度私のオリジナルメニューを考えて試してみようかな。

「あぁ、そういえば、最近俺のところに来たMRの秋山さんって真希の高校のときの同級生なんだって？」

由美の話を振られてお茶を淹れる手元が一瞬止まる。

「ええ、そうなんです。高校三年のときに仲よくなって卒業したら会わなくなっちゃったんですけど、去年偶然再会して……この間メルディーに来てたんで私もびっくりしました。はい、どうぞ」

相良さんはあっという間に食事を平らげ、私は空になったお皿を下げてお茶を差し出す。

「ありがとう」

なんか、こういうのいいな……夫婦みたい？

料理を作り、食後のお茶を出しただけでなんだか浮ついた気分になる。

相良さんの向かいに座ると、彼の背後に東京の夜景が広がった。

「由美、昔からすごい男子にモテてたんですよ。今でも全然変わってなくて彼女、美人ですよね」

浮ついた気分が顔に出ていないかごまかそうとして、まるで彼の反応を試すようなことを言ってしまった。チラッと視線を上げて相良さんの顔色をうかがってみる。そして相良さんは「うーん」と目線を斜め上に移した後、焦点を私に合わせた。

「ああ、そうだな。モデル並みに綺麗だ」

モデル並みに、綺麗……か。

もしかして私ちょっとショック受けてる？　はぁ、馬鹿みたい。

由美は誰が見たって綺麗だよね。年は同じなのに私とは全然違う。由美と相良さんが並んでいるところを見たら、きっとみっともなく嫉妬してしまうかもしれない。

「真希？　どうした？」

「えっ、いえ、なんでもないです」

つい俯きがちになってしまった視線をパッと上げ、相良さんに笑顔を向けた。友人である由美に嫉妬心を抱きそうになる自分をかき消し、またそれを彼に悟られないように振る舞う。

「相良さんが言うように由美はモデル並みにスタイルがいいし、高校生のときに読者モデルにスカウトされたこともあるし、仕事もできるいい子なんですよ」

急に由美を持ち上げるような言葉を並べたからか、相良さんが不思議そうな顔をして私を見た。

「真希、あのさ……」

「あ、お茶のおかわりいかがですか？　すぐ淹れてきますね」

相良さんはなんでも私の心を見透かす。だからふと湧いた私の嫌な部分を見られたくなくて、相良さんがなにかを言いかけていたけれど、聞こえないふりをしてそそくさとキッチンへお茶を淹れに行った。

「お待たせしました」

相良さんにお茶のおかわりを差し出すと彼がひと口飲んだ。

「そういえば今日、多村君から仕事中になにか言い寄られてなかったか？」

不意に思わぬことを言われてテーブルを拭く手が一瞬止まる。

え、なんで相良さん知ってるの？　もしかして、あのときどこかで見てた？

「たまたま今日、最上階にあるミーティングルームで会議があったんだ。困ってるようならすぐに間に入ろうかと思ったけれど、俺の勘違いってこともあるからな」

私を心配しつつも相良さんの表情は少し曇っている。

「前に同期の食事会に誘われてメッセージもらってたんですけど、その返事をしなかったから……どうしたんだろうって、思ったのかもしれないです」

咄嗟に嘘をついてしまった。

本当は個人的に映画に誘われてメッセージをもらっていたけれど、相良さんに心配をかけたくない、自分で解決しようという気持ちが先走った。でも、実際気になっていることがある。付き合っている人がいると言った日から、なんとなく誰かにつけられているような、見られているような気がしてならない。けれど、そんなことを相良さんに言ったらまた余計気をもむだろう。

「たいした話してないですよ、あ、私そろそろ帰らないと――」

ごまかしたことが顔に出るんじゃないかと、気まずい雰囲気に耐えかねて私は勢いよく椅子から立ち上がる。そして、ソファーに置いたままのバッグを手繰り寄せようとしたらそっと腕を取られた。

「ちゃんと話を聞いてくれないか？　告白してくれた後もそうやって逃げようとしただろう？」

逃げようとした？

相良さんの澄みきった茶色の瞳の中に、ぽかんとした自分の顔が見えるようだ。彼の口から〝告白〟という単語が出ただけで、一気に心拍数が上がった。そしてファーストキスをねだった私を彼が一瞬引き寄せ、『初めてのものを中途半端に投げ出すようなことをするな』と優しく頭に手をのせた後の断片的な記憶がフラッシュバックした――。

『私、その……自分の気持ちが抑えきれなくて、告白なんかして迷惑でしたね』

『別に、迷惑だなんて思ってない。今はただ……』

『ごめんなさい！』

『あ、真希ちゃん！』

そうだ。思い出した。フラれたことがショックすぎて、確かあのとき相良さん、なにか言いかけてたけど……私、走って逃げちゃったんだっけ？

たぶん、そのときの光景も母親に見られている。

まるで掴んでいないとまた逃げると言わんばかりに、相良さんは私の腕を離さない。するとと観念するように彼の口からぽろりと小さなつぶやきがこぼれた。

「十年前、ずっと妹みたいな存在だと思っていた真希に告白されて戸惑ったんだ。でも勇気を振り絞って気持ちを伝えてくれたことは嬉しかった」

予想外の言葉が飛び出て目を瞠る。そして自分がどんな顔をしているかわからないけれど、ありとあらゆる表情がすとんと抜け落ちる感覚を覚えた。

「真希の気持ちに応えられなくて、傷つけたんじゃないかって心配してたんだ」

相良さんは十年前の種明かしをするように、小さく咳払いをしてはぁと息づいた。

「俺が学生だったとき、論文がうまくいかなくて鬱々としてても、あの定食屋に行けば真希の笑顔を見られるって思ったら……すべての原動力になってた」

相良さんの話に耳を傾けると、そのまっすぐに私を見つめてくる瞳に吸い込まれそうになる。

「自分の夢に向かってひたむきに頑張る真希を心の底から応援したかったし、素直に泣いたり笑ったり、この可愛くてどうしようもない存在をどうにかして守りたいって、そう思ってた」

唇に笑みを浮かべたかと思うと、相良さんの表情がサッと曇る。

「当時、初期臨床研修医で半人前だった俺は、とにかく忙しかった。告白してくれた後も、本当はおのだ屋にだって毎日通いたいくらいだったんだ」

「じゃあ、急にお店に来なくなったのは私が告白したせいじゃなかったんですか？」

てっきりそう思っていたけれど、彼の口から本当のことを聞かされて驚いた。目を丸くする私に、相良さんはゆっくり首を振って優しく笑った。

「そんなわけないだろう」

週に三回は店に来てくれていたけど、忙しい中、相良さんなりに無理をしていたんだ。

「今でも私のこと、妹みたいに思ってますか？　もうあれから十年経ってるし――」

「だから困ってるんだよ」

私の言葉尻を奪うと、相良さんは掴んでいた腕を引き寄せ、やんわり私を包み込んだ。

相良さんの胸の中はいつだって温かい。戸惑いながらもこの温もりにいつまでも浸っていたいとさえ思う。

「いつまでも妹みたいな存在だって、そう思っていたのにな……」

その続きの言葉に期待してもいいのだろうか、相良さんの腕にやんわり抱かれてこんなにもドキドキ高鳴っている。きっと、私は今も昔も相良さんを特別な存在としてしか見ていない。その証拠に体中に熱が回って吐く息すらも震えている。こうやって優しく抱きしめられてもただの成り行きだ。相良さんの本心からじゃない。そう思うと切なさがこみ上げてくるけれど、今だけずっとこうしていたい。

相良さん、こんなふうに私が思ってるなんて想像もしていないだろうな……。

温かい彼の胸の中はいつだって幸せなはずなのに、私は人知れず小さなため息をついた。

「真希、真希ってば」

「え？　あ、うん」

ハッと我に返ると、やきとりを口にしながら「もう、話聞いてる？」と、口をへの字に歪めた由美と目が合った。

翌日の夜、由美から【明日、仕事が終わったら飲みに行こう】とお誘いのメッセージをもらって今夜は久々に居酒屋に来ていた。

相良さんの食事作りはお休みをして、やって来たのは新宿駅南口近くにあるごく普通の居酒屋だった。平日の夜でも結構なお客さんが入っていて、店が狭いせいかガヤガヤと騒々しい。

由美がテーブルに頬杖をついて、「どうしたの？」という言葉にフルフルと首を振ってビールに口をつけた。

はっきり言って今日は一日まったく仕事にならなかった。気を抜けば相良さんのことばかり考えてしまい、大ぶりだったじゃがいもの皮をむけば気がつくと小芋のようになっていた。義さんからは「どうしたどうした恋わずらいか？」とからかわれる始末。

「それで、由美の話なんだっけ？」

気を取り直して聞き返すと、由美は「はぁ」と長いため息を漏らした。

「やっぱり聞いてない。だーかーら、私が担当している脳外の先生のこと好きになっちゃったみたいって話よ」

え？

長々と語る由美の話を今までぼんやり聞いていたけれど、その言葉で一気に目が覚めた。

脳外の先生って相良さんのこと、だよね？

ほかにも脳外の先生はいるけれど、みんな中年か既婚者だ。由美が恋愛するには少しターゲットが違う。

相良さんと付き合う前に、話のネタで「彼氏はいるの？」と由美に聞かれてそのときは「いないよ」と答えたけれど、今は事情が変わってしまった。もちろん自分から「私、彼氏できたの。相良先生っていううちの病院の人」だなんてことも話してない。それに自分から恋愛話をするのも得意じゃない。

「あの先生、カッコイイよねー。背が高くてまた眼鏡も似合うの！　インテリって感じ？　すっごい私のどストライクでさ」

眼鏡？　相良さん眼鏡なんてかけてたんだ。知らなかったな。

私の知らない相良さんを由美が知ってるのもなんだかモヤッとしたけれど、今は由美が相良さんに気があるということが問題だ。それに高校のときの記憶だと、由美は一度好きになったらかなり積極的な性格で、感心してしまうくらいどんどん自分から攻めていくタイプだ。彼女は美人だし聡明だ。どこからそんな自信が湧いてくるのかなんて考えなくても誰もが納得できる。

「それでね、近いうちに今度思いきってデートに誘ってみようかなって思ってるんだ」

「え？　デート？」

恋愛に奥手な私は、出会ってまだ一ヵ月も経ってないのにもうデートに誘うの？と驚いてしまったけれど、由美の中ではそれが当たり前なのだろう。

「そうなんだ、うまくいくといいね」

「うん、ありがと。ちゃんと真希にも経過報告するから」

応援してね！とニコリと笑う由美に私は力なく笑顔を返すことしかできなかった。

うまくいくといいね。なんて、私なに言ってるんだろ。

相良さんは今、私と付き合ってるの。そう言えばいいのに、言い出せない自分は臆病で最低だ。きっと、後から事実を知ったらきっと由美は怒るかもしれない。

モヤモヤとしたまま飲み物をおかわりして、結局、相良さんのことはなにも話せず由美との時間が過ぎていった。今まで恋愛経験なんてゼロに等しかったはずなのに、自分がこんなにも嫉妬深い人間だったと、改めて思い知らされた。

由美に〝相良さんお気に入り宣言〟をされて数日後、厨房で洗剤の補充をしていると再び由美がメルディーに現れた。

「真希、元気？　お疲れ」

「あ、由美、来てたんだ」

今日も彼女はパリッとスーツを着こなして、手には大量の資料を抱えていた。見るからにキャリアウーマンといった感じで凛々しい。

「今日はね、これから相良先生と田原先生と一緒にここで打ちんだ」

相良さんに会えることが嬉しいと言っているような笑顔に複雑な気持ちを覚える。

そして、しばらくしてから相良さんと彼が担当している研修医の田原健吾さんが来た。今日の相良さんはシルバーフレームの眼鏡をかけていて、初めて見るその姿にドキリとした。

『背が高くてまた眼鏡も似合うの！』

ふと由美が先日、居酒屋で言ってたことを思い出す。今なら彼女が胸をときめかせていた意味がわかる。

田原さんは相良さんの大学の後輩で、背も高くて相良さんと一緒に歩いているとなんとも絵になるふたりだった。色白で身体の線が細く、キリッとした眼鏡がほんの少し神経質そうに見える。けれど、真面目で何事にも一生懸命で相良さんがいつも『田原は人の話を良く聞くし、素直だからやりやすい』と言っていた。田原さんは相良さんのことを学生の頃から慕っているようで、よくふたりでいるのを見かける。まだまだ学生気分の抜けきらないところがあるようで、相良さんには精神的にも鍛えられているらしい。

あ、声かけそびれちゃったな。

一瞬、チラッと私のほうを向いて目が合った気がしたけれど、相良さんはそのまま奥の席に着いた。隣に田原さんが座ると、その向かいに由美がニコニコ顔で腰を下ろした。

仕事しよう！　仕事！

三人でなんだか和気あいあいと会話が弾んでいる。その光景からパッと視線を外すと同時に注文が入り、私は彼らがメルディーを後にするまで自分の仕事に没頭することにした。そのとき、ふと、視線を感じて顔を上げるとサッと人影のようなものが廊下の角に消えたような気がした。

まさか、多村君……じゃないよね？

今の影が多村君だとはっきり見たわけではないけれど、なんとなくそんな胸騒ぎがした。

きっと気のせいだ。そう思うことにして私は仕事をする手を再び動かし始めた。

今日も無事に一日が終わり、これから相良さんの夕食を作ってあげようと彼のマンションへとやって来た。

先ほどスーパーでなにを作ろうか考えていたとき、ふと昔の思い出が頭をよぎった。

『今日、鶏肉がなくて……代わりに豚肉で作ってみたの、親子丼……じゃないんだけど、こういうのなんて言うんだろ？』

中学生の夏休みに相良さんを店に呼んで手料理を振る舞ったある日。

親子丼が好物のひとつだと聞いて彼にそれを作ろうとした。けれど、いざ直前になってあると思っていた鶏肉がなくて、急遽代わりに使ったのが豚肉だった。

『こういうの他人丼って言うんだろう？　美味しいよな。また食べたい』

相良さん、覚えてるかな？　よし、今夜はこれにしよう。

『真希が作ってくれる夕食のことを考えると、今日も頑張ろうって思えるんだ』

相良さんが笑ってそう言ってくれるから私も嬉しい。それに、最近顔色もいいみたいだ。

いつものようにコンシェルジュと挨拶を交わして、彼の部屋に入るとすでに明かりがついていて浴室からシャワーの流れる音がした。

あれ、相良さん、もう帰ってきてるのかな？

だったらすぐに用意しなきゃ。

卵料理は出すダイミングが肝心だ。そのことを考えながら手を洗って準備を始めていると、ガチャリとリビングのドアが開く気配がした。

「帰ってたのか、お疲れさま」

「ええ、すぐ用意しま……ち、ちょっと！　なんて格好してるんですか！」

気だるそうに髪の毛を拭き、腰に白いバスタオル一枚巻きつけただけの相良さんの姿にギョッとして、思わず包丁を落としそうになる。

「早く着替えてきてください、風邪ひきますよ！」

相良さんは中学からずっと剣道をやっていて、鍛えられた身体を改めて見ると妙にドキドキしてくる。しかも明るいところで。

「お、懐かしいな」

「うわっ！」

　後ろから肩口に顎をのせるかのせないかの近距離で、相良さんから手元を覗き込まれる。今にも彼の吐息が耳朶に伝わってきそうでドキドキが加速するのがわかる。

　今、懐かしいなって言った？　他人丼のこと、覚えてるのかな？

「今日は難しいオペが立て込んでいたから……少しだけこのままでいさせてくれ」

　項にフッと相良さんの息がかかったような……。そう思ったらどんどん全身が熱を持ち始めるような感覚になってたまらず身体がトロンとしてくる。

　はっ！　いけない、これじゃ料理が進まない。

「もう、そんなふうにふざけないで早くなにか着てくださいっ！」

「はいはい」

　我に返り、身体を揺らして身じろぎすると、相良さんは茶化すように私の肩を軽く叩きながらクスクス笑って離れた。

　こんなんじゃ、身が持たないよ……。

　職場ではあまり話もできないどころか、顔を合わせる機会もない。けれどプライベートになったら偽りだとしても相良さんとの関係をたっぷり実感できる。そのギャップが嬉しくてどうしようもなく浮かれてしまう。

　たとえ本当の恋人でなくても、このままずっと彼のそばにいられたらいいのに……。

白出汁を軽く煮立て、刻んだ豚肉と玉ねぎを入れると空腹を刺激するようないい匂いがしてきた。かき混ぜた卵をトロトロにして混ぜ、ご飯にのせれば完成だ。

「お待たせしました。相良さん、これ覚えてますか？」

仕上げに三つ葉を添え、すでに着替えて座っている相良さんの前に出すと、やっぱり！と言わんばかりにパッと顔を明るくした。

「これ他人丼だろう？　いただきます」

「覚えていてくれたんですね」

「ああ、鶏肉がなくて急遽代わりに豚肉を使って作ってくれただろう？」

どんな些細なこともちゃんと彼は覚えていてくれる。それが嬉しくて顔が思わず綻んだ。

「今日はミーティングルームじゃなくてメルディーで打ち合わせだったんですね」

「ああ、MRの秋山さんか？　彼女の提案でコーヒーでも飲みながら話しましょうってなってさ、まぁ、そのほうがこっちも息抜きできるしな」

相良さん、由美からデートに誘われたのかな？

たぶん、今日一日なんとなく落ち着かなかったのは、そのことが気になっていたからだ。

「どうした？　急にぼーっとして、疲れたのか？」

そんなつもりはなかったけれど、心ここにあらずだってことがバレてしまった。なんでもお見通しで彼の前では隠し事なんかできない。

「いえ、別に……」

「真希の嘘はすぐにわかる。正直に話してくれ。なにがあった？」

うぅ、やっぱり鋭い！　顔に出やすいのは自覚してるけど……。

ひとりで悶々（もんもん）としているよりも本人に聞いてみればすぐにわかることだ。いったん深呼吸してから相良さんの向かいに座ると、彼の顔を見て静かに告げた。

「あの、この前由美と飲んだときに、その、脳外に気になる先生がいるって言ってて……今度デートに誘うって話してたんですけど、ちょっと気になって」

しどろもどろにそう言って失敗した。

いくらなんでも由美のプライベートだ。確かに担当している脳外の先生のことを好きになったとは言っていたけれど、それを私の口から言うべきじゃなかった。

「デート？　ふぅん」

他人丼を食べ終えた相良さんは、グラスに注いだ水を飲み干すとなんとなく嬉しそうにふんふんと頷いている。

やっぱりなんでもないです。そう言おうとしたけれどもう遅かったみたいだ。

「まぁ、誘ってきたなら行くと思うな。そんなこと気にしてたのか？」

「え……？」

まるで他人事のようにあっけらかんとしている。「ごちそうさま」と手を合わせて、食器をシンクへ運んでいる相良さんを横目に、私は椅子に座ったまま動けなかった。

そんなことって……私が勝手に気にしているだけなのかな。

偽装とはいえ恋人がいるのにほかの人からデートに誘われたら行くの？　相良さんにとっては普通のことなの？　もしかして、恋愛にはすごくオープンな人なのかな？何人も公認の恋人や婚約者がいてそれが自分のスタイル、みたいな？

だとしたら私は何番目……って、いやいやいや！　そもそも私は一番目どころか二番目でも三番目でもない。そんなふうに考えること自体おかしい。

「どうした？　さっきから黙り込んで」

鞄から論文の原稿を取り出して相良さんはそう言いながらローテーブルに広げる。

これから仕事するのかな？　じゃあ、いつまでも長居してたら迷惑だよね。

「お仕事ですか？　じゃあ、もう失礼しないと」

「これは仕事っていうより田原の書いた論文の確認をするだけだ。うーん、なんかやっぱり変だ」

相良さんは私の顔をじっと見つめて首を傾げた。

「そんなことないと思います。変なのは……相良さんのほうですよ」

意図せずそんな言葉で返されて、相良さんが目を丸くする。

偽りだったとしても恋人から〝別の女の人からデートに誘われたらデートに行く〟だなんて言われたら……ちょっと複雑だよ。しかもその相手は私の友達。

だんだん気持ちがささくれ立ってくるのがわかる。このままだと、心にもないことを言ってしまいそうだ。

「明日、仕事早いんですよね、私もなんです。だから今日はもう帰ります」

「じゃあ、送っていくよ」

「いいです。論文のチェックのお仕事があるんでしょう？　まだ電車もありますから」

へそを曲げて不機嫌になって、せっかく相良さんが忙しい中送っていくと言ってくれたのにそれをぞんざいに突っぱねてしまった。

まるで子どもみたいじゃない。

送っていくという相良さんを押しきってマンションを出てきた。相良さんも無理強いはせず、心配そうにしながら玄関まで見送ってくれた。

最初から偽りの関係だってわかってたことじゃない。それなのにどうして変なのは相良さんのほう、だなんて……あんなひどいこと言ってしまったんだろう。

相良さんに優しく囁かれると全身で喜んでる私がいる。でもこれは彼の本心じゃない。自分ばかりが昂って、相良さんの前で平常心を保てるかわからなくなってきた。

私は盛大なため息をついて乾いた空気が吹き抜ける秋の夜空を見上げた。

第四章　瀬戸先生

あぁ、昨日の私……いくらなんでも感じ悪すぎだったよね。

『まぁ、誘ってきたなら行くと思うな。そんなこと気にしてたのか？』

相良さんのあの言葉を聞いて以来、私はおかしい。相良さんと由美のことを考えると、なんだかヤキモキするのだ。

今まで知らなかった感情に翻弄され、初めて抱く〝嫉妬〟という感情に戸惑いさえ覚える。

好きになんてならなければ、こんな思いしなくて済むのに。相良さんは私のことを偽りの恋人としか見ていない。初めは私も偽装恋人として納得したけれど、やっぱり自分の気持ちに嘘なんてつけない。

今日は仕事が休みで私は父を見舞うため、千田記念病院へ向かっていた。相良さんも日帰りで静岡の学会へ行っているし、今夜は彼のマンションへ行く理由がない。好きな人なのに会わずに済む。そんな矛盾に小さくため息をつきながら、父の病院へ向かうバスの中でぼーっと窓の外を眺めた。

色とりどりの秋の紅葉に囲まれた昼下がりの千田記念病院にたどり着くと、ちょうどエントランスのところで母と出くわした。

「あら、真希、もう来たのね。お父さん、今日は眠いみたい。お天気もいいし、ずっとこの調子よ」

ぐぅぐぅと寝息を立てる父に私はひと言声をかける。

「お父さん、来たよ」

ふふ、気持ちよさそうに寝てるね。起こさないでこのままにしておいてあげよう。

傍らで父の洗濯物を片づけている母の手伝いをしながら、相良さんのことを考えた。

今日は、父の顔を見に来たついでに母に言わなきゃいけないことがある。相良さんとのことを反対していた母に「やっぱり彼のことが好き」と。偽りの恋人をしていることは伏せておいて、自分の本当の気持ちだけを理解してほしかった。

いくら反対されてももう子どもじゃないんだし、好きな人くらい自分で決めたい。

そう決心して、たわいのない会話の合間にタイミングを見計らい、話を切り出そうとした。

「あのね、お母さん」

「ん？　なに？」

父の洗濯物を畳み終え、棚に全部しまい終わると、母が私の隣に腰を下ろした。

「私、相良さんのことやっぱり好きみたい」

「えっ」

何度も目を瞬かせて、面食らったような顔をする母を見ると、やっぱり言わなければよかったかな、と一瞬後悔する。

「お母さん、この前相良さんのこと話したとき、あまりいい顔しなかったでしょ？　でも再会してわかったの、やっぱりずっと好きだったんだって」

「そう」

あれだけ言ったのに、と言わんばかりのあきれ顔で母は力なく笑った。

「まったく……しょうがないわねぇ、本当はお母さんだって、あなたに幸せになってもらいたいと思ってるのよ。でも、相良さんとは住む世界が違いすぎるんじゃないかって心配なのよ。けど好きになったら止められないものね、お母さんがお父さんのこと好きになったときだって……って、まぁそれは置いといて、とにかく応援するわ」

お母さん、やっぱり私がまだ相良さんのこと好きだってこと、本当はわかってたんじゃないかな。

娘を思う母の気持ちもわかる。なんせ大病院の御曹司とただのしがない元定食屋の娘、どう考えたって釣り合わない。「愛があれば大丈夫!」「ふたりが惹かれ合っていれば問題ない!」なんて楽観的にもなれない。けれど、たとえ母に反対されようとも相良さんとのことは諦めたくなかった。

「真希、くれぐれも後悔のないようにね」

「うん、ありがとう。うまくいくように頑張る。いつか相良さんのご両親にも挨拶に行けたらいいな」

「そうね、ご両親にもね……でも」

すると、今まで笑顔だった母の表情がなにかを考え込むようにサッと曇った。

「確か、相良さんのお母様はいらっしゃらなかったんじゃなかったかしら」

「え? そうなの?」

「しばらくお店に来なくなって心配していたら偶然駅で会ったことがあってね、少し元気のない感じだったから、どうしたのかって聞いたら、そんなふうに言ってたの思い出したわ」

母の言葉にショックを受けた。当たり前のようにご両親とも健在だと思っていたし、相良さんのことは昔から知っているつもりだったけれど、とんだ思い違いだったようだ。

「詳しい話はわからないけれど……でも、いろんな家庭の事情があるじゃない？　だからあまり立ち入ったこと聞けなくてねぇ、お付き合いするようになったらきっと相良さんのほうから話してくれるわよ。なにがあっても彼を信じなさい」

「うん」

話の流れで相良さんのお母様のことを知る日がくるかもしれない。それまで自分から尋ねるのはやめよう。それに相良さんのことでモヤモヤしていた気持ちも、母から背中を押されて全部吹っきれた気がした。

相良さんへの想いが募る。だけどこのまま偽装恋人として い続けるためには、自分の本当の気持ちを隠し通さなければならない。でも偽装恋人だって一応恋人なんだから〝ほかの人とデートなんてしないで〟って言ってもいい気がしてきた。それから由美にも相良さんのこと話そう。

「ありがとう。相良さんのこと、お母さんに話してよかった。勇気出た！」

ゆったりと笑いかけると、母もホッとしたように頬を緩めた。

相良さん、ほかの女の人とデートなんて行かないでください！

相良さんは恋人がいても、彼女以外の人と構わずデートとかする人なんですか？

うーん、なんかどの言い方も威圧的というか……。でも、そもそも私は偽装恋人なのに、そんなふうに言ってもいいのかわからない。デートに行ってほしくないのは私の本心だと、相良さんが勘付いてしまったら……？

もうこの関係を続けられなくなるかもしれない。

私は今、彼のマンションでソファーに座り、クッションを抱え込んで悶々と考えていた。

今夜はここに来るつもりはなかったけれど、どうしても彼に会って話がしたかった。

夕方、【話したいことがあるので、マンションで待ってます】とメッセージを打っておいた。その後、【わかった】と短い返信がきた。

相良さんの返事を前に、実際本当に自分の気持ちを伝えてしまっていいのか？　偽りということで恋人になったのだから、私情を挟むのはやはりルール違反なのではないか。そうは言っても、「なんでもありません」なんて後戻りはできない。

なんとかごまかして私の気持ちを悟られないようにしないと。

時刻は二十一時。

父の病院から東京に帰ってきて、直接相良さんのマンションへやって来た。それから一時間経つ。その間、私はリビングでソファーに座って考えたり、ソワソワと落ち着きなく部屋の中を行ったり来たりして彼に言う言葉をあれこれと考えていた。

相良さん、遅いな。

疲れてるときにこんな話されたくないかな？　やっぱり日を改めたほうがいいかも。

ソファーに座ってため息をついたそのとき、ガチャッと玄関のドアが開く音がして、弾かれるようにピッと背筋を伸ばした。胸に手をあてがい、深呼吸を何度もする。そして私のいるリビングのドアが開いた。

「おかえりなさい」

「ああ、遅くなった。すまないな」

相良さんは微笑んではいるものの、やはり疲れが顔に滲み出ていた。

スーツのジャケットを脱いでソファーの背もたれにかけると、慣れた手つきでネクタイを緩め始めた。

「なにか飲みますか？　コーヒーでも……」

「いや、大丈夫だ。それで、話っていうのは？」

私がはっきりしたメッセージを送らず、ただ【話したいことがあるので】なんて曖昧に送ったから相良さんに余計な心配をさせてしまったかもしれない。

「お疲れのところすみません、あの……」

「うん？」

向かいにある一人掛けのソファーに座り、相良さんは長い足を組むとじっと私を見据えた。

「相良さん、ごめんなさい」

ペコリと頭を下げて、しんと静まり返った部屋に自分の声が響く。

「頭を上げてくれ」

「はい」

「それはなにに対しての〝ごめんなさい〟なんだ？」

のろのろと頭を上げてゆっくりと視線を相良さんに移すと、彼は怒っているでもなく困っているでもなく、なにを考えているかうかがい知れない表情をしていた。

「昨日の私の態度です。不機嫌になって急に帰って困らせてしまいました……」

「不機嫌？」

すると、今まで表情のなかった相良さんの顔がポカンとする。なにか言いたげに口を開いたけれど、私はそのまま話を続けた。

「その、偽装恋人とはいえ、相良さんがほかの女の人、しかも私の友達とデートに行くって聞いたら……なんかモヤモヤしてしまって、私はなんのためにいるんだろう?って思ったら変に考えてしまって」

「おいおい、ちょっと待て」

歯止めが利かなくなってポンポン出てくる言葉を制すると、相良さんは組んでいた足を解いた。

「ほかの女の人?　デートに行くってなんのことだ?」

「え?」

今度は私がポカンとする番だった。

なんだか話が噛み合ってないような?

しばらくふたりで沈黙していると、相良さんが盛大に安堵のため息をついて頭を抱えた。

「改まって話がしたいなんて言うから……俺との関係になにか不満があるとか、そういう話かと思った」

「ち、違います!　昨日、由美がデートに誘うって話をしたとき、誘われたら行くって相良さんが言ってたから……私、そのときは言えませんでしたけど」

すると、相良さんは一瞬面食らったような顔をして、片手で両目を覆いながらクツクッと笑いだした。

ちょ、な、なんで笑ってるの？

私、また変なこと言っちゃった？

どうして笑っているのか理解できなくてきょとんとする。相良さんはというと、口元にふっと力の抜けたような笑みを浮かべている。

「さっきも言ったけど、俺との関係に不満があって偽装恋人を解消したいと切り出されるんじゃないかって、一日モヤモヤしてた。とんだ勘違いだったな」

相良さんは自分の思い違いにほんのり恥ずかしさを滲ませたみたいに頬を赤らめ、そしてすぐに真面目な表情に戻る。

「けど、真希も根本的に誤解してるぞ」

え？　私が誤解してる？　どういうこと？

状況を把握できずに何度も目を瞬かせると彼がふふっと笑った。

「MRの秋山由美がデートに誘おうとしている相手は研修医の田原だ。俺はてっきり真希もそれを知っていて言ってるものだと思ってた。だから〝誘ってきたなら行くと思うぞ〟って第三者目線で言ったんだ」

は？　へ？

な、なにそれ……じゃあ、最初から私、勘違いしていたの？

『誘ってきたなら行くと思うな』

なんとなく他人事みたいな言い方だとは思ったけれど、そういうことだったんだ。

「でも、由美は自分が担当してる脳外の先生って……」

「彼女が担当してる脳外のドクターは確かに俺だが、研修医とはいえ俺の助手のようなものだから、一応田原も担当脳外科医ってことになってる。まぁ、彼もまんざらでもなさそうだからあのふたり、案外うまくいくんじゃないか？」

後頭部に両手をあてがい、相良さんはソファーにもたれてクスリと笑った。

話をちゃんと由美から聞いておけば、最初からこんなことにはならなかった。穴があったら地球の底までも潜りたい気分だ。

考えてみれば、由美は「脳外の先生」とは言ったけど、「相良先生」とはひと言も言ってなかった。それを私が勝手に相良さんのことだと思い込んだから話がややこしくなったのだ。

な、なんだ……私、てっきり。

「私、馬鹿みたいですね。勘違いだったなんて……」

「そんなことはない。その勘違いのおかげで俺は嬉しい」

「嬉しい？　どうしてですか？」

なぜだか相良さんはニコニコと笑っている。私は恥ずかしすぎてまともに彼の顔を見られないで下を向いていると、スッと彼が私の横に腰を下ろし、そしてぽつりとつぶやいた。

「さっきも言ったけど、やっぱり恋人役はできないから鍵を返すなんて言われるんじゃないかって思っていたから。自分の誤解だったと知ってホッとしてる」

弱り顔で小さく笑う相良さんに私は力いっぱい首を振る。

「私、相良さんにすごく嫌な態度をとってしまいました。せっかく送っていくって言ってくれたのに、無下に断って家を飛び出したりなんかして……ごめんなさい」

「真希」

そっと私の頭に相良さんの手が伸びて引き寄せられる。

「そんなふうに謝らなくていい。顔を上げて」

ゆっくり顔を上げると、自然と目が合う。

「可愛いな」

スッと相良さんの手が私の頬に滑り下りて、親指で何度もさするようになでた。その指の動きが優しくて心地よくて、そしてなにより彼の愛情が感じられた。

「今度、親父さんの病院に一緒に行かないか？　俺も久しぶりに会いたい、女将さんにも」

やんわり微笑む相良さんに、私は満面の笑みでコクンと頷いた。


それから数週間後。

「ええっ⁉　真希、相良先生と付き合ってるの？」

「シーッ‼　も〜、真美子ってば声がでかいよ！」

たまたま休憩中に売店で出くわした看護師の真美子と一緒に、病院の中庭にあるベンチに座って昼食をとることになった。

最近、私と相良さんがよく話しているところを見かけると言って、『あなたたち、本当はどうなの？』『なんか隠してるでしょ？　も〜教えてよ』とせっつかれたものだから、偽りの関係であることは伏せて付き合っていると白状した。

そして話の流れで相良さんとのことを伝えると、真美子は驚きのあまり手にしているタマゴサンドの中身をポロリと落とした。

「それで？　どうやって相良先生と付き合うことになったの？　ってか、相良先生まだこの病院来てからそんなに経ってないよね？　真希ったらいつの間に……」

「う、うん……実はね」

真美子は職場の中で一番気も合うし信用もしている。相良さんと付き合っていることを話してもきっと大丈夫だ。だから私と相良さんが昔からの知り合いだったことも説明した。

「──そっかぁ、で、付き合うことになったんだ？」

「うん、そうなの。色々あったんだけど……って、真美子？」

相良さんと付き合うことになった経緯を話し終えると、なにやら真美子はプルプルしながら両拳を握りしめて俯いている。

「うらやましいっ！」

「うわっ」

心配になって顔を覗き込もうとしたら、いきなり頭をガバッと上げて真美子はフンフンと鼻息を荒くした。

「ほんっと、うらやましいんだから！　知ってると思うけど、相良先生は脳外科の貴公子みたいな存在なのよ？」

の、脳外科の貴公子……。

大病院の跡取り息子。腕がいい。優しい。頭脳明晰。イケメン。などなど、相良さんの人気ぶりは言われなくても毎日耳に入ってくる。

前に頭を打って入院したとき、相良さんに費用出してもらった件で受付の人にすごい怪しまれちゃったもんね……。

私が苦笑いすると同時に真美子が「そういえば」と口を開く。

「真希だって院内で結構『可愛い』とか男性職員に言われて陰でモテてるのよ？　気づいてないかもしれないけどさ」

「え？　なにそれ、そんなの初耳」

私がモテるなんてなにかの間違いか、真美子が勝手に冗談を言っているとしか思えない。きょとんとしていると、真美子が少し真顔に変わる。

「医療事務の多村君、ちょっと気をつけたほうがいいかもしれない」

「え？」

「この前さ、私に『小野田さんと仲よかったですよね？　彼女の住んでる場所ってわかりますか？』なーんて、いきなり聞いてきたからびっくりしちゃって」

住んでる場所？　なんでそんなこと真美子に聞くの？

ま、まさか、家に来て待ち伏せとかする気なんじゃ……。

あまりにも相手にされないからストーカー化して事件を起こすニュースはよく目に

する。その被害者に自分がなる可能性が……と思うとゾッとした。

「う、うん、気をつけるね、教えてくれてありがとう」

真美子に言われて仕事中にたまに感じる視線は、やっぱり多村君なんじゃないかと疑わずにはいられなくなった。

まだ実害があるわけじゃない、あまり考えすぎもよくないよね。

「でもさぁ、相良先生を彼氏に持ったら一番気をつけたほうがいい人がいるじゃない?」

多村君のことでさえ頭がいっぱいになりそうなのに、彼以上に気をつけなければならない人がいると言われてゴクッと息をのんだ。

「どういう意味?」

「あんないい男、ほかの女が黙って見ているわけないじゃない。真希が恋人だってバレたら……」

「うぅ、まるで針の筵だね」

入職して間もないのに相良さんは人気絶大でほかにもライバルがたくさんいるのは知っている。相良さんが廊下を歩くだけで女性職員の目がハートマークに輝き、彼に血圧を測られると高血圧になってしょうがない、と女性患者が頬を赤らめる。そんな彼と恋人同士だなんて知れたら、想像するだけでも恐ろしい。

「とにかく、このことはみんなに秘密にしないとね。特に友梨佳先生には」

「友梨佳先生……ね」

彼女を敵に回すのは私だって怖い。相良さんとの関係がバレたら、今の職場で仕事ができなくなるくらい圧力をかけられるかもしれない。

みんな友梨佳先生が相良さんに結婚を迫ってるって知ってるのかな？　そんなわけないか……でも、たとえバレたとしても、結婚を回避するために私が偽装恋人役をしているわけだし、もっとしっかり構えてないとだめだよね。

この関係がバレてはいけないような、偽装恋人なんだから周りに知らしめなければ意味がないような、ジレンマを覚える。

「こう言っちゃなんだけど……ここだけの話、友梨佳先生あんまりいい噂聞かないからねぇ」

確かに友梨佳先生は綺麗な見た目とは裏腹に、自分が気に入らない看護師が定時で帰ろうとするとわざと点滴などの指示出ししたり、記録をよく読まずに申し送りを催促してきたり、大事なカンファレンスをドタキャンしたりと、かなりわがままな一面があるという話は前々から知っている。院長の娘ということもあってか、誰も直接本人に文句を言えず一部の職員からは煙たがられていた。

「相良先生って友梨佳先生の先輩みたいなのよね、友梨佳先生も相良先生のこと絶対狙ってると思うわ」

「そ、そうなんだ」

狙ってるどころか結婚を迫ってるって話だけど……。

ううん、でもそれを阻止するために私が偽装恋人になったんだから、余計な心配しちゃだめだよね。それに由美のことで誤解が解けたばかりだし。だけど、やっぱり〝偽りの関係〟という文字がよぎると切なくなる。

「真希ってば、そんな顔しないでよ、愛しの王子様に妙な虫がつかないか私がちゃんと見張っといてあげるから」

無意識で暗い顔になっていた私の肩を、真美子が明るくポンポンと叩く。

「妙な虫って……そんな見張らなくても大丈夫よ、それに会おうと思えば相良さんと毎日会えるし」

「うわっ、なにそれ、惚気？」

「ち、違っ！」

真っ赤になって抗議する私に真美子が茶化すようにクスクスと笑う。別にノロケたつもりはなかったけれど、こんなふうに自分の話を友人にできて心の底から嬉しかった。

　よし！　これで今日の仕事はおしまい、っと。

「真希ちゃん、お疲れ。もう上がっていいからね」

「あ、義さん。いいんですか？　なにか手伝います？」

　慌ただしく一日が終わり、ふぅと息をついてエプロンを脱ぐ。義さんはまだ事務仕事をしていたけれど、すぐに終わるから大丈夫と笑顔を向けた。

「真希ちゃんさ……」

　義さんが私に向けた笑顔を少し曇らせた。私はなにかあったのかと思って向き直る。

「あの医療事務の多村君って人、なんだかちょっと怪しい感じだね」

「え？　怪しい？」

「知ってる？　彼、真希ちゃんと仲のよさそうな職員にあれこれ真希ちゃんのこと聞き回ってるみたいだよ？」

　まただ。先日、真美子も私が住んでる場所を聞かれたって言ってた。そんなに私のことを嗅ぎ回ってなにをするつもりだろう。

「ごめん、気にしないで、これから彼氏とデートなんでしょ？」

「え？」

「だって、夕方くらいからなーんかソワソワしちゃってさ、真希ちゃんはわかりやすいからなぁ」

義さんが口元を緩めてニンマリとする。私が相良さんと付き合っていることまでは知らないようだけど、なんだかすべて知られている気がしてドキリとした。

「デート、とかそういうんじゃないんですけど……」

「ここはいいから、早く帰りな。それと、ちゃんと彼氏に守ってもらうんだよ？」

「はい、すみません、お疲れさまでした」

そんなにソワソワしてたかな、私。

そのソワソワの原因。それは夕方頃に相良さんから【今日は一緒に帰れそうだ。地下駐車場で待ち合わせな】というメッセージがきたからだろう。彼と同じ時間に仕事が終わることは滅多になくて、一緒に同じ家に帰るというだけで嬉しくて浮かれてしまう。

義さん、案外勘が鋭いからなぁ。それに『ちゃんと彼氏に守ってもらうんだよ？』って、やっぱり多村君のこと相良さんに相談したほうがいいってことなのかな。

知らないところで自分のことを聞き回られるなんていい気がしない。

私服に着替えてからエレベーターで地下まで降りて、相良さんがいつも車を止めているる場所へ歩く。と、その途中、ちょうど角を曲がったところで人影らしきものが物陰に隠れるのが見えた。

え？　あれは……。

目を凝らさなくてもその人影がなにをしているのか遠目でもわかった。それは、ふたりの男女がくねくねと熱烈なキスを交わしているところだった。私に背を向けている男性の首に女性が腕を回して、男性は女性の短いタイトスカートの裾から手を入れてそのムチムチした太腿をなで上げていた。しかもその男性は……。

瀬戸先生、だよね？

ようやく私の気配に気づいた男性がチラリと肩越しにこちらを見ると、やはり整形外科医の瀬戸京太先生だった。

「お取込み中、す、すみませんっ」

「あー、いいのいいの、気にしないで」

そう言われても！　こんなところでキスなんかしてたら気にするでしょ！

瀬戸先生は相良さんと同級生で年も同じ。ここの病院内では特にチャラ男で有名だ。

そして酒、ギャンブル、煙草、なにより女好きときている。

瀬戸先生と情熱的なキスをしていた女性は、私に見られて恥ずかしかったのか顔を赤らめてそのまま駐車場から足早に去っていった。瀬戸先生はそんな様子をフフッと笑い、甘栗色の癖毛をかき上げてから、私が立っているところへずいずい歩み寄ってきた。

はぁ、こんなところで瀬戸先生と遭遇するなんて！　苦手なタイプなんだよなぁ。

医者にあるまじき不摂生な生活は言わずもがなで、それでもなぜか女性職員には〝野性的なところがステキ！〟と人気があるから不思議だ。

背も高くて彫りも深く、確かにワイルド系イケメンではあるけれど……。

手術を芸術と例える変わった先生で、この前なんか『この前入荷したメスの形状が最高にセクシーすぎる。使い捨てなのが実に惜しい』と苦笑いしている研修医を前にメルディーで食事をしていた。

「んー？　君は、確か……」

「な、なんですか？」

瀬戸先生がわざとらしく親指と人さし指で顎をさすりながら顔をぐっと覗き込んで

きて、私は咄嗟に目を逸らした。

「小野田さん、だよね？　メルディーで調理師をやってるだろ？　いつも可愛い子だなぁって、思ってたんだよね。うん、私服だとイメージ違うな」

オープンキッチンのデメリットは仕事中、ホールのどこからでも見ず知らずのお客さんや職員などから無防備に見られてしまうところだ。

そんなふうに瀬戸先生が私のことを見ていたなんて……「可愛い子」なんて言われたって全然嬉しくないし！

爪先から頭のてっぺんまで見定めるように見られて、早くこの場から立ち去りたいと思っていると、瀬戸先生がニンマリと意味ありげに微笑んだ。

「相良とはどう？　うまくいってるの？」

「どうって、どういう意味ですか？」

警戒心むき出しの私を宥めるみたいに瀬戸先生が白い歯を覗かせて微笑む。

「学生時代からあいつのことはよく知ってるよ、堅物で無愛想で変なところにこだわりがあって、女にもまったく興味なさそうだなって思ってたけどさ」

よく知ってるって言うけど、瀬戸先生が相良さんのことをどこまで知ってるかなんてわからない。

瀬戸先生が私の警戒心を解こうとわざと適当なことを言ってるかもしれないし。

でも、こういう人にわざわざ「相良さんとお付き合いしています」なんてあえて言う必要もないだろう、むしろかえって事をややこしくするだけだ。

「まぁ、相良のことなんてどうでもいいか、それより僕とこれから食事に行かない？あ、家まで送って行こうか？」

「あの、今、待ち合わせしてて、それにあんまりプライベートなことは……ッ!?」

距離を縮めてくる瀬戸先生から一歩引こうとしたとき、不意に後ろから肩を抱かれるようにグイッと引き寄せられた。

「彼女になにか用か？」

頭の上から降ってきた低い声は相良さんのものだった。見ると相良さんはくっきりと眉間に皺を寄せ、唇をへの字に歪めて明らかに不機嫌な表情を瀬戸先生に向けている。

普段は穏やかで誰に対しても優しい彼だけど、こんな険しい表情をしたところを見たことがない。それに驚いて私は声を出せなかった。

「こんなところで仕事さぼってないでさっさと医局戻れよ」

「はいはい、ちょっと休憩してただけだろ？　じゃあね、また今度ゆっくり邪魔が入らないところでお話ししようね」

瀬戸先生は興が冷めたようにボリボリと頭をかきながらあくびをすると、私に目配せしてその場を去っていった。

「帰るぞ」

「あ、は、はい」

私の肩を抱いていた腕をさっと離し、そそくさと自分の車へ向かって歩きだす。

うぅ、なんか機嫌悪そう。

相良さんのマンションへ向かう車の中。

タイヤが滑るアスファルトの音がやけに大きく聞こえる。なにを考えているのか、相良さんは車に乗ってから口を開こうとしなかった。

「あ、あの、なんか怒ってます?」

「別に」

そっけない返事に胸がチクリとする。思いきって聞いただけになおさらだ。そして再び車内に沈黙が戻る。

「やっぱり怒ってますよね？　私、なにか機嫌を損ねるようなことしました？」

相良さんはなぜか眉間に小さな皺を寄せ、さっきから口数が少ない。こんな彼は初めてだ。

「怒ってる」

そう言うと、はぁ、と深くため息をついて、信号が青に変わるとともにアクセルを踏み込んだ。

「俺は学生の頃からあの男が気に食わない。世界一嫌いなタイプの人間だ。あいつから嫌なことをされてないか？」

あの男って、瀬戸先生のことだよね？

瀬戸先生は相良さんのこと無愛想だって言ってたけど、学生の頃から瀬戸先生のことが嫌いだったからなのね……。

嫌なことされてないかって、なんでそんな心配してくれるの？　もしかしてヤキモチだったり……？　いやいや、ただの偽装恋人同士なんだからそんなことあるわけないよね。

「真希、俺は本気で心配しているんだ。あの多村って男ももう我慢できない」

「え？」

いきなり相良さんの口から多村君の名前が出て綻んだ頬が固まった。

「真希のプライベートをあれこれ聞き回ってるって噂を耳にした。中原さんにも言われたよ、真希ちゃんの住んでる場所を聞かれたって」

先日、真美子には相良さんと付き合っていることを話した。だから忠告のつもりで伝えてくれたんだと思うけれど、彼の表情は穏やかじゃない。

「住んでる場所を知りたがってるなんて尋常じゃないだろ、家の前で待ち伏せなんてされたらと思うと気が気じゃない」

確かに一番の心配はそれだ。多村君に待ち伏せされたとしても私ひとりで太刀打ちできない。

声のトーンが低く、いつも優しい彼が苛立ちを滲ませているのがわかる。もはや「大丈夫ですよ」なんて言える雰囲気でもない。

『俺に嘘はつかないでほしい』

以前そう言われたのをふと思い出す。ここはもういっそ自分の気持ちを話したほうが楽になれるかもしれない。

「前から誰かに見られているような視線を感じていたんですけど……やっぱり怖いです」

信号が赤になって相良さんがゆるりとブレーキを踏む。それと同時に一拍置いて彼が口を開いた。

「真希、一緒に住もう」

進行方向に向けていた視線を私に移し、相良さんは真剣な顔で私を見た。

「なにかあってからじゃ遅いだろ、それに瀬戸だってなにをするかわからない」

相良さんと一緒に住むって、それって同棲するってことだよね？

一緒に住めば、彼と過ごす時間が増える。不安からも解放される。でも相良さんにとって都合がいいことってなんだろう……。しばらく考えを巡らせてふと思った。

そっか、私はあくまでも偽装恋人。万が一なにか被害にあってしまったら恋人役ができなくなるかもしれない。それに真美子に忠告された手前、私の周りに不審者の影があるのを知ってて放置しておけないって思ってるのかも。

いや、それとも……ただ単に妹を守るような庇護欲から？

いずれにしろ彼に恋愛感情はない。それで一緒に住もうと言われているなら切ないけれど、相良さんが言うように本当になにかあってからじゃ遅い。

「でも、私が一緒にいると家で仕事するときとか気が散りませんか？　荷物だって邪魔になるし、やっぱり迷惑じゃ……」

それでも相良さんの負担になっているのではと思って、せっかくの彼の提案に二の足を踏んでしまう。

「前にも言っただろう、迷惑なら初めからこんなこと言わない。それにいいか、瀬戸にだけは近づくなよ？　絶対にだ」

「わかりました」

相良さんにとって多村君よりもむしろ瀬戸先生のほうが目障りな存在のようだ。

「あの、瀬戸先生とは同級生なんですよね？　どうしてそんなに毛嫌いしているんですか？」

瀬戸先生のことを〝あの男〟と呼んだりして、まるで名前すら口にしたくないみたいだ。

「見ての通り、あいつの素行の悪さは院内、いや医療業界中で有名だ。けど、整形外科医としての腕はいいからそれがまた厄介だ」

瀬戸先生との間になにがあったのか知らないけど、医者としての技量は認めているってことだよね？

もしかして、ケンカするほど仲がいいみたいな？

運転しながらまだブツブツと瀬戸先生の文句を言っている相良さんを傍らに、私はこっそり笑みをこぼした。

第五章　嫉妬の熱情

相良さんから一緒に住もうと言われて数日後。私は彼の提案に甘んじて引っ越することにした。よく考えたら今のアパートの更新も近づいていて、『それならなおさらだ』とトントン拍子に事が進んだ。

同棲かぁ、家族と一緒に住むのとはわけが違う。料理をしに何度もここに来たことはあるけれど……。

そんなことを悶々と考えながら、今、私は相良さんの家のお風呂から上がって脱衣所の壁にある鏡の前の自分を見つめていた。仕事終わりの疲れと同棲初日の緊張が入り混じった顔をしている。

なんて顔してるんだろ……。

彼はまだ帰宅していない。その前にさっさとお風呂に入って髪の毛も乾かして、なるべく恥ずかしい姿を見られないようにと、パジャマを整え脱衣場から出たときだった。

「ただいま」

リビングへ行こうとしたら突然、相良さんが帰ってきた。パジャマ姿でまだしっかり乾いていない髪の毛、もちろんスッピンで玄関にいる彼と目が合う。

「どうした？」

「あ、いえ……おかえりなさい」

なんだか急に気恥ずかしくなって「おかえりなさい」の声も小さい。たまらず私はタオルで頬被りした。

「お風呂に入っていたのか、どうして顔を隠すんだ？」

パジャマ姿なんて普段見られることなんてない。しかも相良さんに見られて余計に恥ずかしさが増す。

「こっちを向いてくれ」

さっと顔を隠していたタオルを取られ、相良さんと向き合う。それと同時に彼は私の肩を抱くようにして引き寄せた。

「相良さ……」

私の湿った髪の毛に鼻先を埋め、スン相良さんはスンと匂いを嗅いだ。

「いい匂いだな」

今にもキスされそうな近距離に一気に顔に熱が集中する。ドキドキと胸を打つ鼓動が聞こえてしまうのではないかと錯覚して、思わず顔を伏せる。

「これ、これ相良さんからお借りしたシャンプーですよ？」

「そうなのか？　うーん、使う人が違うと匂いも変わるのか？」

そう言って相良さんがもう一度私の髪の匂いを嗅いだ。

使う人が違うと匂いも変わるなんて、ふふ、そんなわけないのに。

なんだかおかしくなってクスリとすると相良さんも微笑んだ。

「相良さん、おかえりなさい」

「ただいま」

これだけでなんだか一緒に住んでいるんだと実感できる。

相良さんと一緒に住むと思ったら、さっきまでドキドキ緊張でいっぱいだったのに、こんなふうに近くで彼を感じたらさらに身体に甘い熱がこもるような気がした。


数日後。

「え？　やだ、真希ってば、じゃあ私が相良先生のこと好きって勘違いしてたわけ？」

「ま、まぁそうなんだけど、一応誤解が解けて……でも、由美のほうもうまくいってよかったよ」

仕事でメルディーに現れた由美から、田原先生とお付き合いすることになったと報告を受けた。『真希は？　彼氏いるの？』と話の流れで聞かれ、相良さんと〝偽装〟であることは伏せて付き合っていることを話した。

結局まだ一緒に住んでいる実感がないけれど、なんとかうまくいっている。

「うん、由美、本当にごめんね」

由美と相良さんの関係を変に疑ったという罪悪感から自分の馬鹿な過ちを彼女に謝罪すると、あっけからんと「真希ってほんと相変わらずだね」と笑われた。

わざわざ自分からそんなこと話す必要もなかったのかもしれないけれど。とにかく私の勘違いだったということで誤解は解けたし、由美も田原さんとうまくいったみたいだしこの件は一件落着しそうだ。

「それにしても、真希と相良先生がデキてたなんて、なぁんだ、初めから知ってたら田原先生のこと協力してもらえばよかったよ」

「そんな、別に協力しなくても結果うまくいったじゃない」

会計を済ませ、笑顔を返す由美が財布をバッグにしまう。そしてチラッと窓際へ視線を向けると彼女の笑顔がスッと曇った。

「どうしたの？」

「え？　あ、ううん、なんでもないんだけど……ほら、あの窓際に座ってる大柄な男の人、よく食べるなーって前も見かけたときにそう思ったんだけど、ハンバーグにオムライスにラーメン、ステーキってすごい量じゃない？」

ここ最近、木内さんという四十代くらいの縦にも横にも大きな身体をした男性が、週に三回メルディーに現れるようになった。

「うーん、ちょっとあの感じ、妙に引っかかるな」

由美が神妙な顔でうーんと唸る。

「職業柄色々考えちゃうんだけどさ、万が一糖尿病とかだったら食事制限されてないのかなって、まぁ、余計なお世話だね。もう行かなきゃ、じゃあね、ごちそうさま」

糖尿病……か。

木内さんが糖尿病だって決まったわけじゃないし、ただの憶測にすぎない。

勝手に心配したって仕方がないよね。いつもの私の悪い癖だなぁ。

私は木内さんのことを今は考えないようにして、仕事へと戻っていった。

とある日の朝。

「相良さん、ここボタンがほつれてますよ」

今日は地域医療シンポジウムに参加するため、姿見の前で相良さんはスーツを着て身だしなみを整えていた。

「急いでるのに参ったな、違うジャケットにするか」

あと十分で家を出なければというときに、ジャケットのボタンがぶらりと垂れ下がっているのを見つけた。

「あ、待ってください。今すぐ繕いますから」

「いいのか？ それは助かる」

ボタンが取れてなくなっているわけじゃないから、三分もあれば事足りる。私はすぐにソーイングセットを持ってきてサッとボタンを付け直した。

「はい、できましたよ！ 急いでください」

ボタンがしっかりついてるか確認して、ついでにネクタイも整える。

「ありがとう」

相良さんのお礼に私はニコリと微笑む。

時計を見るとそろそろ自分の出勤時間も差し迫っていた。

「なんか、こういうのいいな」

「え？」

今、こういうのいいな……って、言ったの？

なんでもない。というように相良さんが私の頭を胸に引き寄せると、髪にキスを落とされた感覚がした。

偽りの恋人関係だからキスなんてありえない。そうだ、前みたいにシャンプーの匂いを嗅いでるだけかも？　だから気のせい……だよね？

高鳴る鼓動を沈めるように私はそっと胸に手をあてがった。

相良さんと一緒に暮らし始めてからクリスマスも互いに仕事で、デートらしいこともなく、気がつけばもう年の瀬になってしまった。偽装恋人とはいえ、私はまだ相良さんを下の名前で呼ぶことを躊躇している。彼は『無理に焦らないでいい』と言ってくれたけどやっぱり照れくさいのもあるし、今一歩踏み出せない。

そうは言っても相良さんの仕事が落ち着いたら彼とどこかに出かけたいな、映画とか？　遊園地？　んーでも相良さん遊園地とかあんまり好きじゃなさそうだよね。

恋人らしいデートの光景を想像すると思わず口元が緩む。

そうだ、職場に着いたらドレッシング作らなきゃ、昨日なくなってたし、それから……ん？

モコモコのマフラーに顎を埋めながら病院に到着し、私は職員専用エレベーターへ向かおうと足を速めたそのとき、途中の廊下の掲示板にふと目が留まった。

糖尿病とうまく付き合うための濃厚なオリエンテーション？　これって糖尿病教育入院のことだよね？　そっか、今日からなんだ。

慶華医科大附属病院では、数年前に糖尿病患者を対象とした入院プログラムを新設した。短期コースで五日間。基本のコースは二週間で入院を通して食事療法、運動療法、糖尿病についての知識を学習する。

わっ！　急がなきゃ！

チラリと腕時計を見て、慌てて私はメルディーへ向かった。

入院プログラムが始まるのはいいけれど、ひとつ困ることがある。

参加している糖尿病患者さんが、きちんと栄養管理された入院中の食事に満足できず、メルディーにお客さんとして来てしまうことだった。

食べたい物を食べられないっていうのもつらいよね。

本来、ここに就職をしたのも、病気と闘う人にもっと料理を楽しんで食べてもらいたい。というのが、今の職場を選んだ動機だったのに、実際のところ、これといってまだなにもできていない。患者さんに喜んでもらえるようなメニューを色々考えたいのだけれど、仕事が忙しくて新しいメニューを考案する時間もない。

はぁ、と人知れず小さなため息をつくとランチタイムが近づくにつれ、お客さんが徐々に増えてきた。

「小野田さん、こんにちは」

作業をしていると、カウンターの向こうから声をかけられた。振り向くと笑顔で片手を軽く上げている木内さんが立っていた。

「今日はいつものランチタイムより早いんですね」

木内さんが一日に二回も来るなんて珍しいな。

窓際の席に座り、メニューを開くこともなくオーダーをする木内さんを遠目で見ていると。

「さっきからなにをぼーっとしてるんだ？」

「わっ！　び、びっくりした」

ビクッと肩が跳ね、思わず手にしていたナイフを落としそうになった。声をかけてきた主は、スクラブではなく白衣姿の相良さんだった。

「持ち帰りでサンドイッチ頼む。時間がなくてゆっくりできないんだ」

「わかりました」

相良さんは私と付き合い始めてからというもの、週に三日のペースで食事に来るようになった。今日みたいに忙しいときは、こうして持ち帰りでサンドイッチを頼んでいく。

「十分でできますから、ちょっと待っててください」

「あ、トマトはなしで」

「もー、好き嫌いはだめですよ、うちはBLTサンドならありますけど、BLサンドはないんです」

相良さんは昔からトマトが苦手だ。でもやっぱり食べてほしくてあまりトマトを感じさせないように工夫をして調理すると喜んで食べてくれる。

ただの食わず嫌いみたいだから、いつか克服させたいと思っているんだけどなぁ。

「あの窓際に座ってる人、すごい量の食事だな」

そう言って相良さんが訝しげな顔をして木内さんのほうをじっと見ている。木内さんは運ばれてきたラーメンやハンバーグ、スパゲッティなどを相変わらずドカ食いしていた。

「最近よく店に来るようになった常連さんです」

「ふぅん」

なんとなく意味ありげに相良さんが木内さんに視線を向ける。

「どうかしたんですか？」

「あ、いや、もしかして……って思ったんだけど、なんでもない」

サンドイッチを容器に詰めてそれを入れた袋を彼に手渡す。

「ありがとう。仕事頑張れよ、またメッセージ入れる」

私の大好きな彼の笑顔を向けられて一瞬ドキリと胸が跳ねる。

「はい、相良さんも頑張ってくださいね」

相良さんは腕時計を見ると慌ただしく店を後にした。

ほんの些細なやり取りでも気持ちがほわっとして、勝手に頬が赤らんでいくのがわかる。それに相良さんと一緒に住み始めてから不思議なことに、妙な視線をいっさい感じなくなった。あんなに執拗に送られてきていた多村君からのメッセージもない。

一緒に暮らし始めてよかったな。相良さんから守られていると思うと安心する。

相良さんの背中を見送りながらさっきの彼の言葉を思い返す。

結局なにを言おうとしたんだろう、『なんでもない』って言われても気になるなぁ。

木内さんへ視線を戻すと、ちょうど食べ終わった頃らしく満腹になったお腹をなで回していた。

店を出ようとする木内さんが、脱いだジャケットを羽織ったときだった。

ジャケットのポケットからコインケースが床に落ちた。それを彼が拾おうと左腕を伸ばした瞬間。

あっ！

私は木内さんのその手首に目を瞠った。

リストバンド！　じゃあ、木内さん入院患者さんってこと？

嫌な予感がする。

そういえば、さっき相良さんが意味深に木内さんのことをずっと見ていた。もしかしたら、木内さんが入院プログラムの参加患者だと勘づいたからかもしれない。

袖口から覗いたリストバンドを隠すように袖をピッと伸ばすと、木内さんは後ろめたそうにチラチラと周囲の様子をうかがうように視線を泳がせていた。

入院プログラムに参加しているならメルディーの食事を食べてしまっては意味がない。

「小野田さん、ごちそうさま。また今夜来るからね」

いつの間にか会計を済ませた木内さんがにっこりと笑って声をかけてきた。

彼になんとか笑顔を返すけれど、私はリストバンドのショックを隠しきれなかった。

木内さんはそれから毎日のようにメルディーに来るようになった。そして相変わらずドカ食いをして帰る。

とりあえず相良さんに木内さんが入院患者のリストバンドをしていたことを話したけれど、『わかった。真希は気にするな、いつも通り仕事をすればいい』と言われてしまった。

今夜も変わらない夜を相良さんと過ごす。食事を終えた彼にお茶の用意をしようと湯呑み（ゆのみ）を手に取った。

私なんかが首を突っ込んでいいことじゃないかもしれないけれど……。

聞くと、木内さんは一年前に奥さんを事故で亡くしたらしい。きっと奥さんがいた頃は食事もきっちり管理できていたと思う。寂しさを紛らわすために外食が増え、食生活が乱れてしまったのだろうな。と勝手に憶測すると、どうしても情が湧いてきてしまうのだ。

お節介だってわかってるんだけどね。

「真希」

「ッ⁉　あ、はい」

頭の中の考え事がブツリと切れて、その声にハッと我に返る。

「お茶こぼれてるぞ」

「え？　わっ！　すみません！」

食後のお茶を淹れている最中、つい物思いに耽ってしまった。コップから溢れるお茶を慌てて拭いて、そんな私を見るなり相良さんが小さくため息をついた。

「木内さんのこと考えてたのか？」

「……えぇ」

別に木内さんに対して特別な感情があるわけじゃない。それは相良さんもわかってくれていると思うけれど。

「ほんと、心配性だな。けど……」

初めて会った人でも、気がかりなことがあると気をもんで自分になにかできることはないかと考え込んでしまう。そんな私の性分を相良さんはよく知っている。

「真希は優しすぎるんだ。だから厄介事に巻き込まれやすい」

厄介事って……そんなこと言われても、やっぱり気になっちゃうものは気になっちゃうんだもの。

「でも、そういうところも好きだけどな」

俯く私の頭を相良さんがそっと引き寄せる。視線を上げると彼はふわりと微笑んだ。

この笑顔にいつも私はドキドキしっぱなしだ。それにいきなり『好き』だなんて言われたら……。私の性格のことを言ってくれているのはわかっているけれど、勘違いしそうになる。

心配性……自分では意識していなかったけれど、周りから見たらそうなのかな。

おそらく相良さんは木内さんの詳しい病状を知っているはずだ。けれど個人情報を漏らすわけにもいかないだろうし、聞いても彼を困らせてしまう。

ちゃんと主治医の先生だっているはず。だから私が心配するようなことじゃない。

そう自分に言い聞かせ、私は木内さんのことを尋ねるのをやめた。

「俺は少し自分の部屋で仕事があるから、先に休んでいてくれないか」

「はい。おやすみなさい」

優しくポンポンと頭を軽く叩くと、相良さんは自室へ入っていった。

ポンポンされると不思議とリラックスできてよく眠れるんだよね、でも……やっぱりまだ妹扱いなのかな。

よく晴れた翌日の朝。

「この前さ、すっごく美味しいイタリアンの店見つけちゃってね、真希もランチ一緒に行かない？」

「ほんと？　うん、行く行く！」

職場へ向かう途中、従業員専用エリアの廊下で看護師の真美子と会った。つい話が弾んでしまい、いつも乗るエレベーター口から遠回りして待合ロビーの前で彼女と別れた。

今日も朝早くから外来の診察のため、多くの人が横長に並べられたソファーに座って待っている。何時間もかけて遠方から来る人や、この病院にかかるために前泊している人だっている。

あれ？

そんな中、向こうから大きな身体を揺らして歩く男性が目に留まる。木内さんだ。見ると、シャツにジャケットといういつもの格好じゃない。

上下スウェット姿というパジャマのような格好だったため、彼が入院患者であるということは一目瞭然だった。

「木内さん、おはようございます」

「え？　あ、小野田さん？」

いつもはシャツにジャケットを羽織り、きちんと身なりを整えた格好だけれど、木内さんも驚いたようにギョッと目を丸くしていた。

「ぐ、偶然だね、今日は健康診断だったんだ」

木内さん、私に糖尿病だって知られたくないんだな。それに自分が入院プログラムの参加患者であるにもかかわらずメルディーで自由に食事をしていたなんてバレたらバツが悪いのだろう。

「血液検査でさっき血を採ったんだけどさ、この年になっても注射が苦手なんだよなぁ、あはは」

「……木内さん、入院患者さんのリストバンド、袖から見えてますよ？」

本当に注射をしたのかはわからないけれど、腕をさする仕草をしたときにはっきりと動かぬ証拠が見えていた。

「えっと……」

木内さんの顔からはすっかり笑顔が消え、バツが悪そうに目を泳がし始める。

「その、ごめん、健康診断は嘘。本当は……糖尿病入院プログラム中でさ、でもほら、入院中って美味しいものを食べるくらいしか楽しみがなくってさ」

「せっかくプログラムに沿って入院してるのに……美味しいものを食べたい気持ちもわかりますが、木内さんの身体のためによくないですよ」

本当は店に来て満足いくまで美味しい食事を楽しんでほしい。でも、今の木内さんにとっては逆効果でしかない。私の思いが届けば……と心の中で願っていると、木内さんがムッとしたように眉間に皺を寄せた。

「小野田さんまで医者みたいなこと言うんだね、こう言っちゃなんだけど君になにがわかるわけ？　まずい病院食を毎日食って、好きな物も食べられなくてストレスがたまっていく一方なんだよ」

「それは……気持ちはわかります。でも――」

「そんなこと！　言われなくても自分が一番よくわかってるよ！」

辺りに木内さんの怒気がこもった大きな声が響き渡り、なんだなんだと周りの視線が集まる。その様子に我に返った木内さんが小さく咳払いをして「ごめん」とポツリとつぶやいた。

「はぁ、最低だよな、小野田さんに八つ当たりするなんてさ、すまないけど……もう部屋に戻るよ。気分が悪い」

「あ、あの――」

どんな言葉をかけるか考えるよりも先に呼び止めてはみたものの、木内さんは踵を返してそそくさとエレベーターのほうへ歩いていってしまった。

はぁ、余計なこと言っちゃった……最低なのは私だよ。

俯き加減に歩く木内さんの背中を見つめていると、余計なお世話だったかも、と情けなくなってくる。するとそのとき。

ん？　木内さん？

普通に歩いていたはずの彼の足が急にふらつきだす。そしてその場で壁に寄りかかって身を縮こませるような体勢になった。そして私が異変に気づいたときにはもう膝から崩れるようにして床にうずくまった。

「木内さん！」

慌てて駆け寄ると木内さんは苦しそうに低く呻いて胸を押さえている。

「すみません！　誰か！　ドクター呼んでください！　お願いします！」

久しぶりにこんな大きな声を出した。それだけ私も必死だった。しばらくすると急いで駆け寄ってくる友梨佳先生と相良さんの姿が見えた。

「ちょっとあなたどいて！」

私を押しのけて友梨佳先生が木内さんの意識を確認する。木内さんはうーんと唸り、朦朧としているけれどかろうじて意識はまだつながっているようだ。

そうこうしているうちに木内さんはストレッチャーに乗せられ、検査のために運ばれていった。

「相良さん、あの、木内さんは……」

大丈夫なんですか？　そう尋ねようと口を開きかけたが、その返答を聞くのが怖くなって再び口を閉じた。そして私のすぐ横で友梨佳先生のはぁ、というため息が聞こえた。

「あなたは？　あの患者さんのお知り合いの方？」

なんだかちょっと威圧的な感じが鼻につく。けれど友梨佳先生のその態度は今に始まったことじゃない。

「いえ、知り合いというか……うちの店の常連さんで」

「彼女はメルディーの調理師だ」

友梨佳先生との間に入って相良さんが口添えすると、〝あなたに聞いてるんだからあなたがちゃんと最後まで答えなさいよ〟という厳しい視線を向けられた。

クルクルと巻いた栗色の髪の毛を揺らし、白衣の下にはサーモンピンクのV字ネックニットを着て、ダイヤのネックレスが白い肌にキラリと光っていた。

「大丈夫か？」

相良さんが心配げに身をかがめて私の顔を覗き込む。こくんと頷くと、ホッとしたように息をついたのがわかる。

それから相良さんと友梨佳先生は、医療用語を交えた会話をしながらすぐにその場を後にした。

私、結局なにもできなかった……。

そんなふうに思っても仕方がないのはわかっている。けれど、相良さんと肩を並べられる友梨佳先生が少しうらやましく思えた。

「どうしたの？　真希ちゃん、ため息なんてついて」

「あ、すみません」

だめだなぁ、木内さんのことが気になって仕事もろくに手がつかないよ。

義さんに声をかけられ慌てて手先を動かす。

ぼーっとしてないで仕込みの続きしなきゃ。

あのときの木内さんは血の気がなく指先は震えていた。苦しげに眉間に皺を寄せて、あんな木内さんを見たのは初めてだった。

「まーきちゃん、よっ！　元気？」

私の気持ちとは裏腹な明るい声がしてパッと顔を上げると、瀬戸先生がキラキラしたオーラを放ちながらカウンターの向こうでにっこり微笑んでいた。

「瀬戸先生……」

まーきちゃん、ってなんでいきなり〝ちゃん〟付けなの？

「なに、元気ない感じだね？　そんな浮かない顔してたら可愛い顔が台無しだよ」

「あの、お食事ですか？　ご注文ならお席でお願いします」

あはは、と苦笑いしながら言うと、瀬戸先生は意味ありげに唇の端を押し上げた。

「君に忠告があって来たんだ。俺も忙しいしこれからオペだし？」

「そんな忙しい合間を縫ってなんの忠告でしょうか？」

昔から瀬戸先生は苦手だ。人を小馬鹿にしたような軽くあしらうような態度が引っかかる。だから無意識にムッとした顔になってしまう。

「木内さんって、食事制限されてるのにこの店に来てたんでしょ？　そのことバレちゃったみたいなんだよねぇ……担当医の友梨佳に」

「え？　担当医？」

木内さんの担当医って友梨佳先生だったの？　知らなかった……。

友梨佳先生は心臓血管外科医だ。おそらく糖尿病で心臓にも負担がかかっているのだろう。それにバレちゃったって、別に隠すつもりもなかったのにそんな茶化すような言い方をされて気分が悪い。

「とにかく、友梨佳には気をつけてね。ほんと怒ると手に負えないから、万が一泣かされたら俺のところにおいで、ね？」

「結構です」

すかさず無愛想に答えると、瀬戸先生はクスクス笑いながら店を後にした。

友梨佳先生に気をつけてね、か。

せっかくの忠告だからそれは真摯に受け止めよう。おそらく、友梨佳先生は木内さんが教育入院中にメルディーに通っていたことを知って、私や義さんを責めるつもりでいるに違いない。

はぁ、それはそれで気が重い。

そうだ。仕事が終わったら木内さんの具合を医局に聞きに行こう。詳しい話は聞けなくても安否くらいはわかるはずだ。

私は大きく息を吐いて身体の力を抜くと、仕事の続きに取りかかった。

医局ってなんか緊張しちゃうんだよね……。

ここはいわば医者の詰所のようなところで、よっぽどの用事がない限り立ち寄らない場所だ。ひょこっと医局のドアの前で顔を出して室内を覗いてみる。

白くて大きな長机の上には、資料やら飲みかけのペットボトル、新聞などなどが乱雑に放置されていた。

時刻は二十一時過ぎ。当直医にバトンタッチしたドクターたちはすでに帰宅している時間帯だ。年配の女医がひとりパソコンに向かっているだけで、あとは誰もいない。

相良さんもいないみたいだけど……今夜は当直じゃないって言ってたような。

あまりウロウロしていると不審がられるかもしれないし、今日は帰ろうかな。

「そこでなにしてるの？」

「わっ！」

不意に背後から声をかけられて大きく肩がビクッと跳ね上がる。振り向くと、まるで不審者を見るような目で私を見下ろす友梨佳先生が立っていた。

モデル並みの友梨佳先生は私よりも二十センチほど背が高く、私はゴクッと息をのんで見上げた。

「あなたは今朝の……えーっと」

「小野田です」

そう名乗ると友梨佳先生は興味なさそうに「ふぅん」と鼻を鳴らした。

「あ、あの……今朝の患者さんの様子が気になって、突然目の前で倒れたから驚いてしまって」

木内さんがメルディーに通っていたことはもう友梨佳先生にも知られている。瀬戸先生が言っていた『友梨佳には気をつけてね』という言葉が頭によぎるとなんだか緊張する。

「家族でもないのに関係ないでしょう？ 詳しい話はできないわ、ただ言えるのは心配はないということだけ」

できれば彼女と話したくはなかった。噂通り、その口調から性格のきつさが垣間見える。

「そうですか、心配いらないならよかったです」

「よかったですって？ あなた、メルディーの子でしょ？ あの患者がしょっちゅう店で暴食してたって聞いたわよ。どうして今まで黙ってたの？」

「木内さんが入院患者だと知りませんでしたし、気になることがあったから相良先生には話したんですけど……」

「あの患者の主治医は聖一じゃないわ、私よ」

聖一……。

友梨佳先生の口から〝相良先生〟でなく、〝聖一〟という名前が出て胸がチクリとする。

「それにひとつ聞きたいんだけど、木内さんが倒れる前、なにか変わったことはなかった？　血圧が上がるようなことをしてたとか」

友梨佳先生に問われて木内さんとのやり取りを思い起こす。

『そんなこと！　言われなくても自分が一番よくわかってるよ！』

まさか、あれがきっかけで？

私が余計な忠告をしたせいで木内さんを怒らせて、結果、血圧が上がったのだとしたら……私のせいだ。

「い、いえ……わかりません」

「そう」

私のせいだと思うのもただの憶測に過ぎない。だから「わからない」そう答えて友梨佳先生から視線を逸らした。なんだか言い逃れしたみたいな気分になって、その日は一日気持ちが上がってくることはなかった。

『あの患者の主治医は聖一じゃないわ、私よ』

『木内さんが倒れる前、なにか変わったことはなかった？　血圧が上がるようなことをしてたとか』

シャワーを浴び、パジャマに着替えて寝ようとしたけれど、友梨佳先生に言われたことがずっと頭にこびりついてまったく眠気がやってこない。

「どうした？」

「え？」

ソファーに腰掛けて俯いていると、湯上がりの相良さんがガシガシと髪の毛を拭きながらリビングに入ってきた。

相良さんはきっと家に帰宅してからずっと笑顔になれない私に気づいている。それを心配してくれているのが伝わって、無理に頬を緩めて笑おうとするけどできなかった。

友梨佳先生とのことはまだ彼に話していない。

「また木内さんのことを心配してるのか？　大丈夫だ。あとは主治医に任せておけばいい」

相良さんが俯く私の横に腰を下ろし、そっと肩を引き寄せた。木内さんのことが自分のせいなんじゃないかと思うと、その優しさも苦しく感じる。

「真希？」

「相良、さん……私」

ずっとこらえていたものが溢れそうになる。抑えても抑えてももう無理みたいだ。

「木内さんが倒れたの、きっと私のせいなんです」

「え？」

勢いよく顔を上げたものの、相良さんと目が合うと一瞬言葉に詰まる。

「倒れる前、木内さんに余計なこと言ったから……木内さん、怒ってしまって、馬鹿ですよね、患者さんの苦しみなんて本人にしかわからないのに……」

震える声を振り絞り、嗚咽(おえつ)が交じった途切れ途切れの言葉を相良さんはじっと黙って聞いていた。

「なるほどな。それで血圧が上がって発作が出たってわけか」

相良さんは納得したようにため息をついた。

「きっかけはどうあれ命に別状はなかったようだし、だからもう深く考えるな」

私の頭をそっと引き寄せ、私もそれに身を委ねる。彼の温かなぬくもりに、まるで〝元気を出せ〟と言われているようだった。

「落ち着いたらお見舞いに行ってみようかなって思ってるんですけど、木内さんはもう一般病棟に移動してますか」

とにかく、元気な姿の木内さんを見ないことには落ち着かない。気になって相良さんにそれとなく尋ねてみる。

「おそらくもう一般病棟に移っているはずだ。顔を見せたら木内さんも喜ぶはずだ」

相良さんが私の頭にポンと手を置く。彼にそう言われたらネガティブな気持ちが一気に吹き飛んで、胸がホワッと温かくなるのを感じた。

「はい、そうします。お見舞いになにを持っていこうかな、そうと決まったら明日買い物に行かなきゃ」

「そうそう、気持ちの切り替えが早いのも真希のいいところだ」

そんなふうに言ってくれるのは相良さんだけだ。

相良さんの笑顔に応えるように私も自然と笑みがこぼれた。

第六章　将来の枷

「小野田さん、この前はひどいこと言って本当にごめん。八つ当たりもいいとこだよね」

数日後。木内さんの容体が落ち着いたと聞いて私はお見舞いにと病室を訪れていた。

お見舞い代わりの膝掛けも、「入院中重宝するよ」と言って喜んでくれた。

木内さんはベッドの上で上半身を起こし、少しバツが悪そうに先日の自分の態度について私に謝罪した。

木内さん以外の同室の患者さんは静かに寝ている人もいれば、不在の人もいる四人部屋だ。

「いいえ、私こそ……木内さんの気持ちも考えずに勝手なことを言って、すみませんでした」

すると、木内さんはゆっくり首を振って優しく微笑んだ。

「僕のことを考えてくれてのことだったんだろう？　最近体調がすぐれなくてイライラしていたんだ。気持ちに余裕がなくて……だから小野田さんはなにも悪くないよ」

そう言ってもらえて少し気が楽になる。ホッとしていると彼が続けて口を開いた。

「それに、教育入院中に勝手なことをして、園部先生と相良先生にこっぴどく叱られちゃったよ。そういえば、あのふたりって婚約者同士なんだって？」

「え？」

思ってもみなかった言葉に、一瞬聞き間違いかと耳を疑い、目を瞬かせる。

友梨佳先生と相良さんが婚約者？　どういうこと？

「ああ、看護師さんたちが噂話していたのを偶然聞いたんだ。婚約者同士って聞いて納得したよ、仲もいいしさ、息もぴったりだもんね……って、小野田さん？」

「ッ⁉　え、あ……すみません、ぼーっとしてしまって」

私の顔の前で手を振る木内さんにハッと我に返る。

まったくもって寝耳に水だ。そんな噂があったなんて知らなかった。

知らなかったのは……私だけ？　そんな噂、嘘でしょ？

もしかしたら真美子も実は相良さんと友梨佳先生が婚約者同士という噂を初めから知っていたのかもしれない。私が傷つくと思ってあえてなにも言わなかったのか、彼女からはいっさいそんな話を聞かされていない。そう思うと自分だけが周りから取り残されたような感覚になって目眩さえ覚える。

「小野田さん？　どうしたの？　少し顔色が悪いみたいだけど？」

「すみません、なんでもないんです。私、仕事に戻らなきゃ」

強張(こわば)った頬で無理やり微笑んで、私はペコッと頭を下げると早々に病室を後にした。

今日の仕事が終わり、偶然病院のロビーで結んだ髪の毛をほどきながら歩いている私服姿の真美子を見かけた。彼女も仕事が終わってこれから帰るようだ。

「真美子、お疲れさま」

木内さんに言われた相良さんと友梨佳先生が婚約者だという噂がずっと頭にこびりついていて、真美子なら相良さんと同じ脳外科だしなにか知っているのでは、と声をかけた。

「あ、真希、お疲れ。今帰り？」

「うん、あのさ……」

真美子もこれから子どものお迎えやら買い物で忙しいはずだ。だから私は余計な話はせず、単刀直入に噂のことを聞いてみた。すると。

「は？　友梨佳先生と相良さんが婚約者だって？」

初めて聞くような話だ。と言わんばかりに真美子は目を見開いて数回瞬かせる。真美子も結構な情報通で、彼女が知らないのであればもしかしたら例の噂はデマだったのではないかとその反応にホッとした。

「なに、ひょっとして真希、そんな噂を信じて不安になっちゃったりしてるの？」

鋭く私に図星を指すと真美子がじっと顔を覗き込んできた。

「え、ち、違うよ……少しだけ気になっただけで――」

おろおろ目を泳がせていたら、真美子がほらやっぱり不安なんじゃない。と小さく笑った。

「真希、そんな根も葉もない噂話よりも、相良先生のことを信じてあげなきゃ、恋人なんでしょ？」

〝恋人なんでしょ？〟

そう言われてハッとする。前も私が勝手に勘違いをして相良さんを疑ってしまった。

そしてまた今回も噂に惑わされている。

「とにかく、ふたりがうまくいくことを祈ってるよ。ごめん、もう行かなきゃ」

「あ、うん、私こそ引き留めたりしてごめんね」

ニコリとして手を振る真美子を見送ったら、はぁと無意識にため息がこぼれた。

馬鹿だな、私……なんの根拠もないただの噂話じゃない。

真美子の言葉を何度も自分に言い聞かせ、そして胸の中で広がっていたモヤモヤを吹き飛ばすと私はその場を後にした。

「うん、この肉じゃが最高に美味しいな」

当直明けだった相良さんは、午前中で仕事を終わらせ午後から休みだった。といっても、最近は論文の作成などほかにもやることは山ほどあるようで、唯一彼が自由に息抜きできるのは私との夕食時間くらいだ。

「気に入ってもらってよかったです。たくさん作ったんで、どんどん食べてくださいね」

「ありがとう。肉じゃがって恋人や妻に作ってもらいたい和食ランキングでいつも上位って聞くけど、わかる気がする。食べるとなんかホッとするんだよなぁ」

相良さんは味の染みたホクホクのじゃがいもをお箸でひとつまみすると、ぱくりと口に運んで幸せそうな顔をする。その彼の表情を見ているだけで私も温かな気持ちになれる。

相良さんと夕食を一緒にとるのは週に三回ほど。ほかは宿直などの仕事のため、そのときはお弁当を作って渡している。それ以来、看護師たちが『その手作りのお弁当どうしたんですか？』『やだ！　相良先生、まさか彼女できたんですか？』なんて色めき立ち、質問責めにあっているという。

相良さんは私を恋人だと公表したっていいって言ってくれているけれど、同じ職場でしかも相良さんは女性職員から特に人気があるし、私も彼も仕事に支障が出てしまっては困る。だからそういった理由で、私たちの関係は公表されていない。それに偽りの関係だったことがバレたら相良さんにも迷惑がかかるかもしれない。

「ごちそうさま。今日も美味しかったよ、ありがとう」

「お粗末さまでした」

夕食が終わり、まったりとふたり並んでソファーに腰掛けてコーヒーをする。私は相良さんと過ごす中でも特にこの時間が好きだ。今日、仕事でこんなことがあったあんなことがあったと、たわいのない話でも彼と一緒なら楽しくて仕方がない。

「相良さ――」

一緒に住んでからまだ一度も彼を下の名前で呼んだことがないんだった。

やっぱり「聖一さん」って名前で呼ばれると嬉しいのかな。

昔は恥ずかしげもなく『聖ちゃん』なんて呼んでいたけれど、なんとなく照れくさくていまだに名前を呼べずにいた。

でも、いきなり「聖一さん」なんて呼んだらどんな顔をするだろう。そう思うと恥ずかしいなんて気持ちよりも、急に湧いた好奇心が私の口を開かせた。

「聖一さんもまだ疲れが取れてないんじゃないですか？　ゆっくりしてくださいね」

隣に座っている彼にニコリと微笑んでみると案の定、目を丸くし意表を突かれた顔をして私を見つめた。

「まったく、不意打ちにしてはタチが悪いな」

相良さんが人さし指で頬をかいてほんのり頬を染める。滅多に見られない彼の照れた顔に思わず胸がキュンとした。

「あ、もしかして照れてるんですか？」

「名前で呼んでほしいとは言ったけど、いきなりすぎだ」

「ふふ、そういう聖一さんも私をいきなり真希って呼んだんですよ？」

思いきって下の名前で呼んだら、その後は案外すんなり「聖一さん」と口にすることができた。

互いに顔を見合わせて笑っていたそのとき。

ピリリと部屋中に漂う甘い空気を吹き飛ばすかのようなスマホの着信音が部屋に鳴り響く。

「出ないんですか？」

テーブルの上で鳴っているスマホは聖一さんのものだ。

続きをしたい。けど急患かもしれない。そんなジレンマに聖一さんが大きくため息をつき、名残惜しそうに身体を離す。

「悪いな」

スマホを手にした瞬間、私は聖一さんの表情が一瞬陰ったのを見逃さなかった。

聖一さん？

「すぐ戻る」

そう言い残し、彼は自分の部屋へ入っていった。

壁にかかっている時計を見ると二十二時を回っている。

こんな時間に誰からだろう、やっぱり急患かな……。

なにをしていてもいつでも呼び出される。そんな彼の仕事の大変さを思い、はぁと小さく息を吐いたときだった。

「しつこい人だな、いい加減にしてくれよ」

彼の部屋から苛立ちを含んだような荒い声がしてハッとなる。

な、なに？　今の、聖一さんだよね？

急患だったらこんなぞんざいな言い方は絶対しない。同僚にだって温厚に接しているし、見当もつかない電話の相手が気になって、いけないとわかっていながら耳をそばだてると、「俺の気持ちは変わらない、そう何度も言ってるだろ」「彼女に危害を加えるようなことするな」など、断片的にそんな言葉が聞こえてきた。

彼女に危害？　彼女っていったい誰のこと？

なんか、穏やかじゃない雰囲気だけど……大丈夫かな。

不穏な空気にソワソワと落着きがなくなってくる。

もう一杯コーヒーのおかわりをして気持ちを紛らわせよう。

そう思い立ってソファーから立ち上がる。すると同時に、聖一さんがため息とともに部屋から出てきた。

「すまない、ちょっと外に出る」

「急患ですか？」

「いや、少し頭を冷やしたいだけだ」

心配だ。というのが顔に出ていたのか、聖一さんが小さく笑って私の頭に手をのせる。宥めるようなその笑みもすぐに消え、怒っているのかそうでないのかまるで感情の読めない表情を浮かべながら聖一さんはマンションを出ていった。

なにがあったんだろう？

あんな思いつめたような顔、初めて見た。

どんな事情かわからなければ彼の役に立てないかもしれない。けれど、それを無理に聞き出せるような空気でもなかった。

聖一さんが話してくれるまでなにも聞かないようにしよう。

私は彼を心から信じている。だからなにかあればきっと話してくれるはず。

私は自身を宥めるようにそっと胸に手をあてがい、大きく深呼吸をした。


それから一ヵ月後。

病院の中庭にある木々の葉がすっかり落ちて、空気は澄んでいるけれど肌を刺すような風が吹く日が続いていた。太陽も沈んで暗くなった外の景色を見ているだけでぶるりと身体が震える。

あの日の夜にかかってきた不審な電話。おそらく同じであろう人物から聖一さんのもとへ一週間に一度はかかってくるようになった。

結局、電話の相手はわからずじまい。そして決まって電話が終わると彼はいつも思いつめた表情をしている。それでも私には優しく接してくれていて、それがかえって無理をさせているように思えてならなかった。いい加減自分から尋ねてみようかと考えていたそんなある日のこと。

「え？ 木内さん転院するんですか？」

「そうなんだ」

最近、あまりメルディーに顔を見せなくなったし、忙しくて病室にお見舞いにも行けなかった。木内さんは青森の実家へ帰って母親と暮らすことにしたようで、ちょうど今日が退院の日のようだ。

「だからこうして最後にご挨拶できてよかったよ。小野田さんも元気でね」

まだ入院しているかと、仕事終わりに久しぶりに木内さんの病室を訪ねてみてよかった。

お母様と一緒に暮らすなら安心だね、少しでも病状が改善してくれるといいな。

木内さんの病室を後にして、エレベーターに乗ったら友梨佳先生と鉢合わせた。

あぁ、なんて運が悪いんだろ……。

しかもほかに乗り合わせている人はおらず、扉が閉まると息もできないくらいの気まずい雰囲気がのしかかってきた。

「小野田さん、だっけ？ 仕事帰り？」

急に話しかけられ、床に落としていた視線を跳ね上げる。

「は、はい」

友梨佳先生と目が合うと、その表情に笑みはなく、むしろ冷めたような目で私を見ていた。

「少し時間あるかしら？　あなたに話があるの」

友梨佳先生とはなんの接点もないし、ただの職場の人という認識しかない。だからそんなふうに彼女から言われて意外だった。

友梨佳先生が私に話……なんだろう？

それに聖一さんと婚約者という噂もあるし、真実かどうか確かめてみたい。

でも、いざ本人を目の前にしてそんなこと聞けるかな……。

友梨佳先生がクルッと巻いた長い髪を揺らして踵を返すのを合図に、私たちはエレベーターを降りて廊下の突きあたりにある休憩スペースへ向かった。

「ここの自販機、ラインナップがパッとしなくて人気ないのよねぇ、でもおかげで人が来ないからこの場所は気に入っているの」

友梨佳先生はそう言いながらベンチに座って笑っているけれど、人が来ないということは、これから話す内容を聞かれては困るということだ。そう思うと私は喉を小さく鳴らして無意識に身構えた。友梨佳先生は自販機で買ったカフェオレを片手にはぁと息づく。

「単刀直入に聞くけど、聖一と付き合ってるって本当なの？」

誰からそんな話を聞いたのか、尋ねようにも彼女の視線が鋭くて言葉が喉の奥で押しとどまる。

もし、友梨佳先生が婚約者だとしたら私の存在は疎ましいはず。だから〝私は婚約者なのよ〟と牽制（けんせい）するつもりなのかもしれない。

「どうなの？」

すぐに返事がないことにやきもきしたのか、友梨佳先生の横目が鋭く私に向けられる。美人に睨（にら）まれると迫力があるというか、妙に緊張してますます身体に力が入ってしまう。

「はい。相良先生とお付き合いしています」

この場を穏便にやり過ごそうと嘘などでごまかしたりせず、はっきり本当のことを言ったほうがいい。それこそ、聖一さんにとって偽りの恋人の本来の目的なのだから。

そう思って答えると、友梨佳先生の額に刻まれた眉間の皺が深くなった。

なにも言葉を発せずとも嫉妬の念がひしひしと伝わってくるようだ。すると友梨佳先生が大きくため息をついた。

「なるほどね、聖一からほかに好きな人がいるって聞かされて、婚約破棄されたのよ。それでどんな相手なのかと思えば……」

友梨佳先生は私を見定めるように頭のてっぺんから爪先に視線を巡らせると、クスッと鼻で笑った。

まったく彼にふさわしくない相手ね――そんな彼女の心の声が今にも聞こえてきそうだ。

やっぱり聖一さんと友梨佳先生は婚約者同士だった。でも、破棄されたという彼女の言葉が引っかかる。

聖一さん、友梨佳先生に結婚を迫られていたんじゃなかったの？

「あの、その破棄されたのっていつのことですか？」

「三ヵ月くらい前の話」

三ヵ月前……？　って、ちょっと待って、私が聖一さんと偽装恋人になったのは、婚約破棄した後ってこと？

いつも私を助けてくれて力になってくれる彼の役に立ちたかった。だから偽装の恋人関係になったつもりだけれど、友梨佳先生と聖一さんの話の食い違いに混乱する。

「婚約の話は親同士が勝手に決めたこと。そりゃ、聖一はいい男だし、結婚も悪くないかもって思ってたけど……うーん、相手があなたじゃちょっともったいないわね」

「聖一が」と付け加えて、友梨佳先生が一拍置くようにカフェオレに口をつける。

「結婚ってね、スペックが高ければ高いほど、それなりにふさわしい相手じゃなきゃならないの、釣り合う釣り合わないって話、わかる？」

ギロッと横目で睨むように友梨佳先生が私を見た。美人にすごまれるとその迫力に言葉が出なくなる。

私は聖一さんのことを昔から知っていたから、そんなふうに考えたことはなかった。けれど、確かに彼は大病院の息子で次期院長だ。結婚するなら名家の令嬢とのほうが……友梨佳先生みたいに。

「聖一とあなたじゃ天と地の差があるのよ、まさか、それにも気づかなかったなんて図々(ずうずう)しいこと言わないわよね？」

あぁ、できればこの場から早く逃げ去りたい。友梨佳先生は偽装恋人の関係だって知らないからここまで辛辣に牽制してくるのだろう。でもここで押し負けて本当のことを言う訳にはいかない。なんのために偽りの関係になったのか、そう思うと彼を裏切るようなことはできない。

「それにね、あの話を断ったのがあなたのせいだとしたら……ますます許さないわ」

友梨佳先生の言葉にきょとんと目を瞬かせると、彼女がムッとした顔で私を見た。

「あなた、付き合っているわりにはなにも知らないのね。彼、アメリカのマラフィン総合病院の脳神経外科臨床医として引き抜きの声がかかっているのよ」

「アメリカのマラフィン……?」

凡人にはわからないことね、と友梨佳先生の表情が語っている。言葉がうまく返せなくて黙っていると彼女は長いため息をついた。

「マラフィン総合病院ってね、医療関係者なら誰もが知っているわ。マラフィン総合病院の勤務者、研究者の中には世界的にも有名な賞を受賞した人もいるし、最先端技術やドクターを集結させている病院といってもいいわ」

友梨佳先生が誇らしげにマラフィン総合病院について語る。その間、私はただぽかんとしているしかなく、そんな姿にも彼女はあきれているようだった。

「これは医師としてとても名誉なことなのよ、学生の頃、よく『マラフィンでの臨床医は俺の夢みたいなものだ』って言ってたもの。それなのに、その話を断るなんて馬鹿よ」

友梨佳先生の話によると、聖一さんの論文が学会で高い評価を受け、先日、先方から臨床医としてどうかと連絡があったという。それを聞いた聖一さんのお父様も「医師として箔がつく」と喜んでいたそうだ。

「どうしてそんなお話を断ったりなんか――」

「察しが悪いわね、あなたのせいでしょ？」

私の言葉を遮り、友梨佳先生が苛立ちを滲ませた目で私を睨んだ。

「あなたの存在が聖一の枷になってるのよ！」

友梨佳先生のあげた声が廊下に響き、たまたま通りがかった看護師が驚いてこちらを見ている。

「私だったら聖一の将来を邪魔するようなことはしないわ、彼を想うなら少しは考えなさいよ」

周りの視線に気づいた彼女は少し気まずそうにして、スッと立ち上がった。

「ついでに言っておくけど、あなた聖一のお父様にお会いしたことはある？」

唐突に聖一さんの父親の話になり言葉に詰まる。私の戸惑う表情を見て悟った友梨佳先生がゆるゆると首を振る。

「聖一のお父様は利己主義な方よ、一流のものにしか興味がない。とても損得勘定が強くて、あなたが太刀打ちできるような人じゃない」

友梨佳先生に言われてその言葉の重みにごくりと息をのむ。

太刀打ちできないなんて言われたけど、聖一さんを想う気持ちは誰にも負けない。

「いろんな覚悟がなければ、きっと相良先生と一緒になることなんてできません」

「ふぅん」

　友梨佳先生がじっと私の顔を覗き込む。まるで私の真意を見定めているようだ。そして両手を腰にあてがって、はぁと深く息を吐き出した。

「確かに聖一と一緒になるなら色々面倒な壁があるわね、特にあのお父様なんてものすごく癖が強くて面倒くさいんだから、きっとうんざりするわよ？」

「面倒くさい人なんて、世の中たくさんいますから」

　ひょいと肩をすくめて笑ってみせると、友梨佳先生は私の反応が意外だったのか一瞬目を丸くして唇を歪めた。

「ほんと、あなたって身の程を知らないのね」

　それだけ言うと、友梨佳先生は私の横を通り過ぎその場を去っていった。

　彼女の緩やかな髪から香る残り香がふわっと鼻をかすめ、いつまでもその香りが鼻の奥でくすぶっていた。

第七章　聖一さんの夢

聖一さんがアメリカ行きを断ったという事実を知ってからというもの、なにをしていてもそのことばかり考えるようになった。

当の彼はいつもと変わらず、電話のこともなにも話してくれないから、なおさら私は悶々としたものが募るばかりだった。

「お父さん、とても調子いいみたいよ」

今日は仕事が休みで私は千田記念病院へ父のお見舞いに来ていた。病室に到着したときにはすでに母がいて、父は今にも雨が降りそうなどんよりとした空をぼんやり、ベッドから眺めていた。こんな日は室内も薄暗くて気持ちまで重くなりがちだけど、父の調子がいいと聞いてホッとした。

「聖一さんとはどう？　うまくいっているの？」

ベッドの脇にある椅子に座りながら顔をニマニマさせながら母が尋ねる。初めは聖一さんと付き合うことにあまりいい反応をしなかった母だけど、色々と気を使って心配してくれているようだ。

「うん、いつも私が料理して健康管理もバッチリしてる。忙しいとお腹が空いてるのを忘れて仕事するから」

「ふふ、もうすっかり奥さん気取りじゃない」

母は全面的に聖一さんとの交際を応援してくれている。けれど、その彼が私と付き合っているせいで将来を狂わせていると知ったら、きっといい顔はしないだろう。

聖一さんがアメリカ行きを断ったのは、きっと私を置いてはいけないからだ。友梨佳先生に『あなたのせいでしょ？』そう言われたときに直感した。婚約を破棄されても彼の背中を押せる友梨佳先生は芯の強い人だと思う。

「聖一君とうまくいっているみたいだな。父さんも安心だ」

ふふっと笑う父につくり笑いを向ける。両親は私と聖一さんが本当に付き合っていると思っている。実は偽りの関係だと知ったらがっかりするだろう。自分が嘘をついている後ろめたさに胸が痛い。

ただの偽装恋人の関係なのに大事なアメリカ行きを断ったりなんかして、聖一さん、いったいどういうつもりなの？　それに友梨佳先生の話を聞く限り、彼女自身結婚にはまだ興味がなさそうだ。だとしたら今までの聖一さんとの関係はなんなの？

様々な謎が私の頭の中を駆け巡る。

私だって聖一さんの将来を応援したい。でも、私だって離れ離れになるなんて嫌。

だからといって両親を残して彼と一緒にアメリカへ行くなんて……できない。

どちらを選んでも苦渋の決断を迫られることになる。私は先行きの見えない将来に小さくため息をついた。


千田記念病院を後にし、東京へ戻る頃には冷たい雨がぽつぽつ降り始めていた。スマホを見ると聖一さんからメッセージが入っていた。

【親父さんはどうだった？　今夜は早めに帰れそうだ。夕食はこっちで適当に済ませる】

聖一さんのメッセージを見ただけで、今にもかじかんで動かなくなりそうな指にほんのり温もりを感じるようだ。だけど、友梨佳先生に言われたことが頭をよぎると、すぐにその熱が引いてしまう。

もう、うじうじ悩んでいたってしょうがないじゃない。やっぱり直接聞いてみよう。

私はグッと拳を握りアメリカ行きを断った本当の理由と、時々かかってくる電話の相手についてこちらから尋ねる決心をした。「真希には関係ない。俺が決めたことだ」

室内にピリッとした空気が張りつめ、棒立ちになる私の目の前で聖一さんが長い脚と腕を組んでソファーに座っている。

「でも……」

聖一さんが、明らかに不機嫌な眼差しでじっと私を見つめた。

「電話の相手も知る必要はない。アメリカ行きの話だって。まったく、友梨佳のヤツ……」

聖一さんが肩を下げて深くため息をつく。普段温厚な性格だけに、ここまで苛立ちを露(あら)わにされると尋ねたことを後悔してしまう。

タイミング、見誤ったかな……。

うぅ、どうしよう、怒らせちゃったみたい。

聖一さんが帰宅してからしばらくふたりでたわいのない話で盛り上がった。そして話の区切りがついたところで改めて友梨佳先生との婚約のことや、電話の相手はいったい誰なのかということを尋ねたら、今まで笑っていた聖一さんの表情から一気に笑みが消え、冷めた態度に豹変(ひょうへん)してしまった。

「関係ないって……私たち恋人同士ですよね？　だいたい偽装恋人だって友梨佳先生から結婚を迫られていると聞いたから引き受けたのに、そんな大事な話まで断るなんて」

聖一さんは眉間に皺を寄せて私から目を逸らす。

「もしかして、最近頻繁にかかってくる電話の相手って、聖一さんのお父様じゃ……」

彼のアメリカ行きをお父様は喜んでいたと友梨佳先生が言っていた。それを断ったと聞いて、きっと考えを改めるように説得の電話をかけていたのかもしれない。

それにそんな大事な話を友梨佳先生は知っていたのに……。

そう思うと胸の中に黒いモヤが立ち込めてくる。

「どうして話してくれなかったんですか？」

今にも震えだしそうな声でぽつりとつぶやくと、聖一さんがはぁとため息をついた。

「黙っていたことは謝る。正直、マラフィン総合病院から声がかかったときは嬉しかった。自分の腕が認められたということだからな」

聖一さんはまつ毛を下げ視線を床に落とす。しばらく言葉を考えているようだ。

「やっと今の病院の勤務に慣れてきたところなんだ。今はそのタイミングじゃない」

「アメリカ行きを断ったのは私のせいじゃないんですか？」

言い終わった後にポロリと涙がこぼれ落ちる。聖一さんが顔を上げたのと同時に私は咄嗟に雫（しずく）を手のひらで拭った。

「私のせい？　そんなこと誰も言ってない」

聖一さんの苛立ちを含んだ口調に私の心がささくれ立つ。

「友梨佳先生に言われたんです。私の存在が聖一さんの枷になっているって」

「なんだって？」

「私、自分が情けないです。肝心なことを知らないで……偽りの関係でも恋人として役に立ってるのか、もうわからないんです」

私、なにを言ってるんだろう。これじゃただ聖一さんを困らせているだけ。

胸の中でモヤモヤと渦巻いているものは友梨佳先生への醜い嫉妬だ。

「すみません。少しひとりにさせてくれませんか」

「あ、おい！」

呼び止める彼の声をはねのけるようにくるりと背中を向け、私は使っていいと言われている自分の部屋へ転がり込んだ。


「そっか、難しい問題だね……」

由美はそう言ってビールの入ったグラスを片手にフライドポテトを口に放り込んだ。

仕事が終わり、私は駅前の居酒屋で久しぶりに由美と飲んでいた。今日仕事でうちの病院を訪れた由美がたまたま昼頃メルディーに来て、元気のない私を見るなり『飲みに行こうか』と誘ってくれた。

「ふふ、真希ってば相変わらず顔に出るタイプよね、なにかあったのかなってすぐわかったわ」

「仕事中でもぼーっとしちゃって……こんなんじゃだめだね」

　昨日は自分勝手なことを言って聖一さんを困らせてしまった。あれから彼とまだ顔を合わせてはいない。だからどんどん気持ちが沈んでしまい、また暗くなってしまいそうで私は無理に笑ってみせた。

「それで、本当はどうしたいのよ？」

　ひと通り私の話を聞き終えた由美がテーブルに両肘をつき、前のめりになって私の顔を覗き込む。きっとそう聞かれると思ってあらかじめ身構えていた私の喉が自然とゴクリと鳴った。

「お待たせしました。から揚げです」

　口を開きかけた途端、店員が先ほど頼んだから揚げをテーブルに置く。熱々の美味しそうなから揚げが目に飛び込んできて、いつもなら「美味しそう！」となるはずが、今はなんだか食指が動かない。

「あのね、実は……私と相良さんの関係、偽りなの」

「……偽り？」

由美は私と聖一さんが本当の恋人だと思って話を聞いてくれている。やはり嘘をついているのが心苦しくなってしまい、私はぽかんと「意味がわからない」というような顔をしている由美に正直に本当のことを打ち明けた。

「なるほどねぇ……」

由美は最後まで途中で口を挟むことなく私の話を聞いてくれた。それが余計に胸に染みて、つい涙声になってしまった。

「私がきっと一方的に想いを募らせてるだけなのかも。それにアメリカ行きの話だって……ちゃんと話してほしかった。やっぱり偽装だから関係ないってことなのかな」

本音を言うと彼と離れたくない。だけどアメリカで頑張ってほしい。それが矛盾しているのはわかっている。こんなふうにふらふら気持ちが揺れている優柔不断な自分にも嫌気がさす。すると由美が胸の前で腕を組み、うーん、と唸ってしばらく考える。

「相良先生がアメリカ行きを断った理由、今の仕事にも慣れてきたって言ってたけど……本当は真希と離れ離れになりたくないってだけじゃないかな」

「え……」

「ふふ、男って変なところでプライド高いからね、田原さんだってそう、言ってくれればいいことを『男としてみっともないから』なんて言うのよ、だから真希の悶々とする気持ちわかるな～」

そう言って共感してくれると、自分が間違っていないと後押しされてるようでホッとする。

由美も田原さんに対してそんなふうに思うことあるんだ……。

彼もまだまだ医者として修業の身だから忙しくてデートもままならないみたいだけど、なんとかうまくやっているようだ。

アメリカ行きを断った理由が私と離れたくないから……？　ううん、そんなはずないよ、本当の恋人だったらまだしも、私たち偽りの恋人だよ？

そんな相手でも離れたくないなんて思うのだろうか？

「相良先生ともう一度話し合ってみたら？　ひとりでくよくよ悩んでいたってしょうがないじゃない」

「うん、そうだね」

力強い励ましの言葉とともに明るい笑顔を向けられて、私もつられて頬を緩ませた。

由美と店の前で別れ、空を見上げるとどんよりとした雲が夜空に立ち込めていて今にも冷たい雨が降りそうだった。

昨夜は勝手に嫉妬して聖一さんを困らせてしまった。由美に励まされてなんとか元気を取り戻し、帰ったらちゃんと謝ろうと、私は頭の中で彼に言う言葉をあれこれ考えながら帰路についた。

ん？

玄関のドアを開けると、ピカピカに磨かれた見慣れない男性用の革靴に目がいった。聖一さんが新しい靴を買ったのかと思ったけれどサイズが違う。

誰か来てるのかな？

リビングにつながる廊下を歩いていると、ぼそぼそと話し声が聞こえてきた。そしてドアを開けようとノブに手をかけたそのとき。

「もう帰ってくれないか？　何度説得しようと俺の気持ちは変わらない」

ひと際荒っぽい聖一さんの声が響いてノブにかけた手がビクッと跳ねた。

「医者として滅多とないチャンスを高々女ひとりのために無駄にするなんて、まったく愚かだな」

初めて聞く低く渋みのある声音。おそらくこの声の主は、聖一さんのお父様だと直感した。

「アメリカから帰国したらうちの病院に入るかと思いきや、勝手に自分の母校の付属病院に籍を置いたりして、まったくなにを考えているんだ」

あきれを滲ませたため息が廊下にまで聞こえてくる。

慶華医科大学附属病院で働いていること、お父様は反対していたの？　それに高々女ひとりって……。

「それどころか園部のお嬢さんとの婚約だって、こちらから破棄するような勝手な真似をして、立場がないぞ」

会話の内容に聞き入っていると、友梨佳先生との婚約の話が出てきてハッとする。

「向こうも乗り気じゃなかったし、そのつもりだったとしても断るけどな。そもそも、親同士で勝手に婚約の話を進めたりしてどっちが勝手なんだよ。俺には今の彼女しか考えられない」

私のせいで聖一さんの将来が狂いそうになっている。

私のせいで聖一さんとお父様の関係が悪くなっている。

そう思うと急に苦しくなって、乱れかかった鼓動を宥めるように胸に手をあてがう。

「これ以上は話にならんな、今日のところは引き上げよう。しかし、勝手なことがいつまでも続くと思うなよ」

ドアの向こうでお父様がこちらへ向かってくる気配に私の心臓が一気に高鳴る。

このままだと鉢合わせに……。

ここはなるべくお父様と顔を合わせないほうがいいのかもしれない。近くにあるバスルームへ逃げ込もうか、そう思っている間にドアが勢いよく開かれた。

「あ……」

初めて会う聖一さんのお父様に息をのむ。白髪交じりの頭をガシガシとかきながら出てきたその人は聖一さんと同じスラリとした長身だった。唇を真一文字に結び、深々と眉間に皺を寄せた表情は気難しそうな性格が表れていて、挨拶の言葉すら出てこなかった。

「帰ってたのか」

ドアの向こうに私がいるなんて予想もしていなかったのだろう。聖一さんが一瞬驚いた顔をしてこちらを見る。続いてお父様も〝今の彼女〟と察したような視線を私に向けた。

「そうか、君が小野田真希さんだね?」

「は、はい。はじめまして」

名前を確認する声音はやんわりとしていたものの、私を見下ろす目はゾクリとするほどひどく冷たかった。

「あ、あの——」

「私は君を認めた覚えはないよ」

〝聖一さんとお付き合いさせていただいています〟そう言おうと口を開いた瞬間、お父様が強い口調で私の言葉を両断した。

「親父！」

「君が聖一の恋人だということは聞いている。しかし、彼の医者としての将来を台無しにしてでも続けたい関係なのかな？　ようやく論文が認められて長年の夢が叶うというのに」

とがめる聖一さんを無視してお父様が私に言葉をぶつけてくる。

聖一さんの将来を台無しにしてでも続けたい関係だなんて、私はそんなこと望んでいない。だけどまだ聖一さんと離れたくない気持ちに食い下がろうとしている自分がいるのは確かだ。

「君の存在は聖一にとって毒なんだよ、私にとっても」

「いい加減にしてくれ！」

〝毒〟と言われ、呆然としている私の前に割って入るようにして聖一さんがお父様との間に立ちはだかる。私をかばおうとしてくれる彼の背中が大きくて、そして頼もしく思えてじんわり目頭が熱くなる。

「小野田さん、悪いことは言わない。君は良家のご令嬢でもなければ名のある家柄の出身でもない。このまま相良家には入ったとしても分家が黙っちゃいないだろう。聖一の肩身も狭くなる」

──だから聖一とは別れてほしい。

言葉にしなくても私の頭の中でお父様のそんな思いが伝わってくる。

「失礼します！」

「真希！」

私を呼び止める聖一さんに振り向くことなく、居たたまれなくなった私はその場から逃げるように部屋を飛び出した。

「はぁ、はぁ」

喉の奥に冬の冷たい空気がダイレクトに刺さるようだった。空気の塊のような息を吐くと、目の前に白いモヤがかかる。

闇雲に走ってマンションから飛び出したのはいいけれど、すでに深夜〇時を回っていて、どこに行くというわけでもなく私は走り続けていた。

「きゃっ」

足がもつれて受け身を取ることもできず、私はそのまま地面に倒れ込んだ。寒さを感じる余裕もなかったため、身体の感覚が鈍っていたことにも気づかなかったようだ。大の大人がなにもない道で派手に転んだりして情けない、恥ずかしい。

タクシーの運転手がチラッと私を怪訝な目で見て走り去っていく。

なにしてるんだろ、私……。

見る間に眉間に皺が寄り、たぶん私の顔は子どものような泣き顔になっているに違いない。深夜で人通りもなく、誰に見られているわけでもないのに倒れ込んだまま片手で顔を隠す。すると、ふっと糸が切れたみたいになって口から嗚咽がこぼれ、涙が溢れた。そして極めつけに頭を冷やせ、と言わんばかりにしとしとと雨が降ってきた。

あぁ、最悪。

のろのろと身体を起こすと膝にチリッとした痛みを感じた。見るとうっすら血が滲んでいた。転んだ拍子に擦りむいたみたいだ。

『君の存在は聖一にとって毒なんだよ、私にとっても』

聖一さんのお父様の言葉が脳裏で何度も蘇り、私の胸をじくじくと抉る。

いきなり家を飛び出したりして聖一さんに心配かけちゃったな……。

雨に濡れて膝を擦りむき、今の状況が惨めでならない。そう思っていると、スッと視界が陰ってなにかが差し出された。

……手？

見ると私の目の前に大きな手。

瞬き(まばた)をしてゆっくりとその手の先に視線を動かす。

「ほら、大丈夫か？」

上を向いて目にたまった涙が落ちたらぼんやりとした視界がパッと鮮明になって、私に差し伸べている手の主が見えた。

「聖一さん……」

怒っているような、それでいて微笑んでいるような表情で聖一さんが私を見下ろしている。私が急に飛び出したから急いで追いかけてきてくれたのか、雨が降っていると思わなかったのか、傘も差さずにいる彼の前髪の端から雫が滴っていた。

「立てるか？」

「は、はい」

差し伸べられた手にそっと自分の手を重ねると、ぐっと勢いよくその胸に引き寄せられた。

「さっきは親父がすまなかった」

私の後頭部に手を回し、聖一さんが優しく私の身体を包み込む。すると雨で冷えきった身体に彼の体温が伝わって、じんわりと温もりを取り戻していった。

私は滅多に人前で泣いたりなんかしない。強く生きろと父からそう言われてきたから。だけど、聖一さんの柔らかな温かさに私は感情をこらえきれなくなった。

「ご、めんなさ……ごめんなさい……私」

なにに対してのごめんなさいなのか自分でも訳がわからなくなって、私はただひたすら嗚咽で喉を鳴らすことしかできなかった。

「ほら、こっち向いて」

聖一さんが小さく笑って私を上向かせ、親指で濡れた頬を拭った。そしてそっと頭に大きな手をのせた。

「帰るか。このままだと風邪をひく」

「そうですね……」

頭をなでる聖一さんの手がするすると下りてギュッと私の手を握る。私にはまだ帰る家があるのだと思うと、ふっと身体から力が抜け、そしてコクンと頷いた。

「痛っ！」

「こら、動かない」

マンションへ戻り、シャワーを浴びるとすっかり私は体温を取り戻した。心配をかけるから膝を擦りむいたことは聖一さんに言わないつもりだったけれど、歩き方に違和感があったようですぐにバレてしまった。そしてどんな小さな傷でも菌が入ると後々大変なことになると言って、過保護なくらいに傷の処置をしてくれた。

「よし、これでいい。病院に運ばれてきたときのことといい、もう心配させるなよ？」

手際よく処置してくれる彼の姿を見ていたら、ふと思い出す。

私がまだ中学生だった頃、家に帰る途中に転んで膝を擦りむいたことがあった。

あのときも『ドジ』だなんて言って笑って手当てしてくれたっけ。

こんな小さな思い出、きっと聖一さんは忘れているだろうけれど……。

輝くような笑顔にドキリとして、もしかしたら彼を意識し始めたのはあのときからだったのかもしれない。

「ありがとうございます。もう大丈夫です」

私が微笑むとそれに安心したように聖一さんも笑って、ソファーに座る私の隣に腰を下ろした。

「親父のことは気にするな」

気にするなと言われても、もう私の頭の中にはお父様の言葉がべとりとこびりついて離れない。思い出したら微笑んだ顔が強張り私は視線を落とす。

「お父様は、聖一さんがアメリカへ行くことを望んでいるんですよね？」

マラフィン総合病院で臨床医をしていた経験があるといえば、医師なら誰でも一目を置く。お父様だって彼のことを誇らしく思うだろう。すると、聖一さんが改まったように小さく咳払いをした。

「実は俺と親父は昔から反りが合わなくてな、アメリカから帰国して実家の病院に入らなかったのにも理由があるんだ。といっても、今思えば俺が子どもみたいに意地になってるだけかもしれないが……」

聖一さんの実家は相良総合病院という大病院だ。それなのにアメリカから帰国してわざわざ別の病院に入職したことは以前から不思議に思っていた。家業以外の別の場所で経験を積むためかと初めは思ったけれど、どうやら別の理由があるようだ。

「親父は脳神経外科医として名の知れた医者で、将来は親父の後を継ぐつもりで俺も同じ道を歩んできた。けど、十年前に母が亡くなってから親父はすっかり変わってしまったんだ」

聖一さんのお母様、亡くなってたんだ……しかも十年前って。

母が以前、聖一さんが店に来なくなって以来、偶然駅で会ったと言っていた。そのときに母親はいない、というようなニュアンスのことを話していたみたいだったけれど、亡くなっていたと聞いてズキリと胸が痛む。

私が聖一さんに告白したのも十年前、おのだ屋に顔を見せなくなったのもそのくらいの時期だ。お母様が亡くなったことでそのときの聖一さんは精神的にも参っていたに違いない。

「変わってしまったというのは……」

「まるで自分が医者だということを忘れたかのように白衣をまとわなくなった。患者に慕われて頼りにされている親父は俺の自慢だったんだけどな、すっかりビジネスに走って、しょっちゅう俺と衝突するようになった」

初めて聞く聖一さんの胸の内だった。切なげに眉をひそめ、その表情からずっと彼も誰にも言えずにひとりで悩んでいたのだとわかる。

「親父の考えもわからなくはない。けど、よくも悪くもビジネスと割りきった考え方に嫌気がさして今の病院にいる」

聖一さんが首を振って頭を抱え込む。

「それに、マラフィン総合病院から最低でも三年は在籍するように言われてるんだ」

おまけに園部と婚約だなんて勝手に決めつけられて、親に振り回されるのはもううんざりだ。聖一さんがそう吐き捨てるように言うと長いため息をついた。

「聖一さん」

「ん？」

「マラフィン総合病院の臨床医になること、本当は目指してたんですよね？　だから学会で論文を発表したりしたんですよね？　ようやく認められたって、お父様そうおっしゃってましたよね」

「まぁ、そうだな……」

言動の矛盾を指摘すると彼が言葉を濁す。これが答えなのだと思うと、ようやく聖一さんの本心に向き合えたような気がした。

ただでさえ忙しいのに研究の学会で発表するため、聖一さんはずっと努力してきたのだ。それを無駄にしてほしくない。夢ならなおさらだ。

「お願いです。ちゃんと夢を叶えてください。チャンスを無駄にしないで」

私は大切なものを包み込むようにして聖一さんの手をギュッと握った。

「……もう我慢できない」

同時に聖一さんがものすごい勢いで私を引き寄せ、めいっぱい抱きしめた。息ができないほど苦しくて切ない抱擁に視界が滲む。

私も彼を身体に感じたくてかき抱いた。

「真希、好きだ」

え……？　今なんて？　好きだっていうのは、偽装恋人として……だよね？

ふっとお互いに力を抜き、そして見つめ合う。

「自分から偽装恋人を持ちかけておきながら……俺の気持ちはもう本気だ。偽りなんかじゃない」

真剣な眼差しに見据えられ、想像もしていなかった聖一さんの言葉にドキリと胸が跳ねた。

「聖一さん？　それってどういう……」

聖一さんの目がやんわり細められ、それでいて切なげな表情を浮かべている。

「多村君や特に瀬戸から近寄られるのを見て気づいたんだ。真希がほかの男に言い寄られているって思うと耐えられない。俺は真希を妹としてじゃなく異性として見てるんだって」

それならますます偽りの関係になった理由が知りたくなった。その意図を汲むかのように、聖一さんが口を開く。

「偽装恋人と言ったのは、十年前に告白を断って傷つけておきながら、今さら真希がほしいだなんて虫が良すぎると思ったんだよ」

「え……」

「都合がいいんじゃないのか、とか色々と悩んだ。けれど、せめて偽りの関係でもいいから真希を守りたかった」

偽装恋人になった裏にこんな聖一さんの優しさが隠れていたなんて、彼に初めてそう本心を告げられて思わず涙がこぼれそうになった。

彼は私のことをずっと想い考えてくれていたのだ。

「愛してる」

聖一さんは私の頬を両手で優しく包み込むと上向けせ、唇を重ねた。

「私も一緒にアメリカへ連れて行ってください」

目を見開いて、「本当にいいのか？」という視線で私を見つめる聖一さんにコクンと頷いた。

「聖一さん……私も、愛してます」

息もできないくらいに高揚して、きっと私は蕩けた顔をしているだろう。彼の甘い声音で囁かれ、もう一度私にキスをした。

熱い抱擁とキスを解き、聖一さんがキュッと口元を結んで真摯な表情で私を見下ろす。

「俺、アメリカに行くよ。真希と一緒に」

見つめるその瞳に力強さを感じ、私は続く言葉を待った。

「自分で認めたくはなかったけど……結局、俺は真希と離れたくなかったんだろうな。つまらないプライドだって、笑うだろ」

「いえ、そんなことは――」

首を横に振り、彼は少しバツが悪そうに笑みを浮かべ、私の指先を包み込むようにやんわり握った。

「真希は俺なんかよりずっと大人で尊敬するよ。おかげで自分の気持ちにちゃんと向き合って、なにがしたいのか、これからどうしたいのか……本当の道が開けた気がするんだ」

聖一さんは将来への夢と希望に満ち溢れ輝いて見えた。チャンスを掴んで夢を追う聖一さんは凛々しく、そしてなによりカッコイイ。一度は諦めようとしていたけど、考えを改めてくれたことにホッとすると同時に一抹の寂しさが入り交じり、私の心は複雑だった。

「アメリカへ行く前に言っておきたいことがある」

なにを言われるのかと身構える私に、聖一さんがそっとキスをして耳朶に唇を寄せた。

「結婚しよう」

聖一さんの声が一段と甘さを増し、その言葉の意味を理解すると今度は身体の芯からゾクゾクとしたものがこみ上げてきた。

これは想定外だ。まさか結婚を前提としたお付き合いになるなんて、こんなふうに言葉にされたのは初めてだった。大好きな人からのプロポーズ、これ以上の幸せはない。たとえそれが叶わなかったとしても、その言葉だけで十分だ。嬉しくて目尻からスッと熱い雫がこぼれ落ちる。

色々互いに思い違いはあったけれど、やっと聖一さんと本物の恋人同士どころか婚約者になれた。

「はい」

震える声で返事をすると、聖一さんが小さく笑って涙を唇ですくい取った。

「俺の親父に改めて会ってほしい。あんなことを言われて気が進まないかもしれないが」

恋愛なら当人同士で盛り上がったって誰も文句は言わないだろう。けれど、結婚となれば話は別だ。聖一さんも私がいい顔をしないとわかった上で言ったのだ。

『私は君を認めた覚えはないよ』

お父様の言葉が頭をよぎると、どうしても笑顔でいられなくなる。

でも、ちゃんと認めてもらわないと……。

逃げていても避けられない道だ。それなら、と私は彼に笑顔でコクンと頷いた。

「真希、愛してる。絶対に離さないから」

私たちは甘い睦言を繰り返しながら、これからふたりで歩みだす新天地へ熱い想いを馳せた。

瞼を閉じたら私の望む未来が映るような気がする。彼もまた、私と同じ未来を見たかのようにやんわりと笑顔を浮かべた。けれど、ようやく想いが通じ合ったというのに、なぜか私の胸に小さな陰りを感じた。その正体を知りたくなくて、私はただ今の幸せに溺れた。

第八章　立ちはだかる壁

　聖一さんがアメリカ行きを決めてから数日後。

　今、私は人生でこれ以上ないくらい緊張で胸が押しつぶされそうになっていた。なぜならアメリカへ発（た）つ前に結婚を認めてもらうべく、彼と一緒に聖一さんの実家へ向かっているからだ。

　緊張するなぁ。

　昨夜は寝る前に色々挨拶の言葉を考えていてなかなか寝つけなかった。極度の緊張からか眠気を感じることもなく、高鳴り続ける心臓を押さえるのに精いっぱいだった。

「本来、先に彼女側の両親に挨拶に行くものだと思うが……すまないな、とにかくうちの親父を納得させないことには話が進まない。真希のご両親にも申し訳ない」

　プロポーズをされた翌日、私は早々に母に電話を入れた。『聖一さんと結婚する』と突然言われて母もびっくりしていたけれど、声を震わせながら喜んでくれた。

「いいんです。両親のところへは東京から遠いし、それにもう渡米まであまり日がないですし」

「そうだな。でも必ず真希のご両親に挨拶に行くと約束する。だからくれぐれもよろしくと伝えてほしい」

聖一さんがマラフィン総合病院の院長に連絡を入れてから、とんとん拍子に来週の渡米が決まった。近々現地でシンポジウムが開催されるらしく、先方からぜひ参加してほしいと言われて彼もその期待に応えるべく了承した。

「せっかくふたりして休みなんだ、実家の用事が済んだらどこか寄るか?」

「ええ、きっと緊張しっぱなしだと思うんで息抜きできたら嬉しいです」

今日は聖一さんも私も仕事が休みだった。偶然にもお父様も在宅とのことで挨拶に行くなら今日しかないと彼が思い立ったのだ。

彼の実家は世田谷区の高級住宅街と言われている成城にある。緑豊かな街並みにデザイン性の高い住まいが多く、一戸の区画面積が大きい。そして磨き込まれた高級車で主人を待つ運転手の姿も見受けられた。

やっぱり社会的地位の高い人が住む街って感じよね……。

お父様に会ったらなんて言おう、自分のことをわかってもらうためにはちゃんと誠意を見せないと。

「ここだ」

あれこれ考えながら高台を上がると、とある大豪邸の前で彼が足を止めた。

す、すごい。

海外から素材を取り寄せたという豪奢な石張りの巨大な外壁の邸宅は、ここ一帯でもひときわ目を引いた。玄関までのアプローチが長く、苔むした地面にバランスよく植えられた樹木は綺麗に剪定されていて、石造りの池に錦鯉が優雅に泳いでいた。

ビバリーヒルズのような洋風の豪邸もいいけれど、聖一さんの実家は雅趣に富んだ日本家屋といった感じで、お父様の趣味がところどころに窺える素敵な邸宅だった。

だからか、いっそう緊張感が増して、私はごくりと喉を鳴らした。

「おかえりなさいませ。旦那様が応接間でお待ちです」

「わかった、ありがとう」

玄関の中へ入ると家政婦が数人で迎えてくれ、応接間まで案内してくれた。

緊張でこれ以上は心臓持たないよ。

何度も深呼吸するとどこからともなく薫る井草の匂いがそんな私を宥めてくれた。

「失礼します」

「入ってくれ」

中から声がして扉が開かれる。

すべてが純和風のつくりになっているのかと思いきや、応接間はクラシック様式で大正ロマンをうかがわせる内装になっていた。きらびやかな派手すぎないシャンデリアにアンティーク調のソファーがテーブルを挟んで向かい合わせになっている。そして見ただけで高価なものとわかるペルシャのラグが部屋全体のアクセントになっていた。

「ようこそ、さぁ、そんなところで突っ立っていないで座りなさい」

ひとりソファーに座り、肘をつきながらお父様が座るように促した。

先日、初めて会ったときは終始険しい表情だった。でも今は厳格な雰囲気というより少し気持ちに余裕がある笑顔が見受けられる。

「失礼します」

ソファーに腰掛け聖一さんが私の隣に続く。家政婦さんが淹れたての紅茶を静かにテーブルに置き、ホッと息をつくと向かいに座るお父様と目が合った。

「まずは先日の無礼な私の発言を謝罪しなければな。あのときは大変失礼をした。聖一と言い合いになってしまって、私も頭に血が上っていたんだ」

「い、いいえ、そんな……」

「聖一から話は聞いたよ。アメリカへ行くため、君が聖一を説得してくれたと」

ああ、そういうことか。お父様がずっと機嫌がよさそうなのは聖一さんがアメリカへ行くと決めたことを知ったからだと、私は自分に向けられる笑顔の理由を悟った。

まだ私のことを許してもらったわけじゃないのはわかってるんだけどね。

本題はこれからよ。

人知れず膝の上で拳をギュッと握る。でも焦って失敗したら元も子もない。とにかく落ち着こうと、家政婦さんが持ってきてくれた紅茶をひと口飲んだ。するとお父様のほうが先に口を開く。

「あちらの病院の医療技術はすばらしいものがある。聖一、医者としてひと回りもふた回りも成長して帰ってこい、後は――」

「相良総合病院へ入職してほしい。そうだろ？」

お父様と考え方の相違で実家の病院へ入るのを避けていたのに、その意外な返事にお父様が目を丸くする。

「わかってるよ、それが親父の本望なんだろ？」

「あんなに入職を拒否していたお前が、なにもなしに了承するとは思えん。条件でもつけるつもりか？」

短く息を吐いてお父様がフッと笑う。

「話が早くて助かるよ」

え、条件？　ま、まさか……。

「アメリカへ行くこと自体は問題ない。むしろ俺も期待しているくらいだ。けど実家を継ぐことに関しては話が別だ」

「ほぅ、それでその条件とは？」

お父様が身構えるように目を細め、親指と人さし指で顎をなでる。

「真希との結婚を承諾してほしい」

やっぱり……。

本当は実家の病院を継ぎたくはない。けれど、聖一さんは自分の気持ちを犠牲にしてまで私と一緒になることを選んだのだ。そんな彼の想いに鼻の奥がツンとしてお父様を見つめる聖一さんの真摯な横顔に胸が高鳴る。

「なるほど、そうきたか」

まるでこの状況を楽しむかのようにお父様がクックッと笑いだす。親子間に漂う異様な空気に私は口も挟めないでいたけれど、ずっと黙っていては自分の気持ちをわかってもらえないままだ。

「私からもお願いします」

私が割って入ると、お父様がチラリと私に視線を向けた。

「聖一さんの家柄に見合わないのはわかっています。けど、気持ちだけはずっと変わりません。私、彼と一緒にアメリカへ行くつもりです」

「なんだって？　聖一と一緒にだと？」

お父様が片方の眉を跳ね上げ、うーんと低く唸った。

「気持ちだけは変わりません……ねぇ」

私をじっと見据えるその目は時に鋭く光り、時に柔らかさを見せる聖一さんの目にそっくりだ。お父様はしばらく考え込む仕草を見せ、それからはぁと長いため気をついた。

「結婚を許してほしい、その上ふたりでアメリカに行くだと？」

お父様の眉間の皺がさらに深みを増して、それを見た私はゴクリと息をのんだ。

「確かに聖一にはうちの病院を継いでもらいたい。しかしそれを結婚の条件にするなんて、悪いがそれこそ話が別だろう？」

聖一さんの出した条件を突っぱねられ、断固として認めないお父様の姿勢に私は愕然とする。聖一さんはどんな顔をしているだろうかとゆっくり彼へ視線を向けると、彼の顔に笑みはなかった。お父様の言葉に驚くこともなく、ただまっすぐ前を見ている。

聖一さんはきっと心のどこかでお父様が条件をのまない可能性を予想していたのだろう。私の横で落胆にも似た小さなため息が聞こえた。

あんなに大反対されていた結婚をそう簡単に許してくれるはずがないよね。

マラフィン総合病院の院長にはもうアメリカに行くと彼は返事をした。結婚を反対されたからといって約束を反故にすることはもうできない。

「私は聖一さんとアメリカへ行くことはできない、そういうことですか？」

震えだしそうな声を振り絞って尋ねると、お父様は容赦なくうむと顎を引いた。絶望的な大きな壁が立ちはだかり、一気に目の前が真っ暗になる。まるでノイズキャンセリングされたみたいに室内がしんと静まり返った。

「君はなにか勘違いしていないか？　聖一は大病院の跡取り息子だ。それにふさわしい女性はたくさんいる。」

お父様の言葉が胸にグサリと突き刺さる。その瞬間、聖一さんからプロポーズされた日に感じた胸の陰りが一気に大きくなった。あのときは気づかないふりをしたけれど、あの陰りの正体は「私でなくとも、聖一さんにふさわしい女性はほかにもいるのでは？」という不安だった。

聖一さんと幸せにアメリカで生活をしている光景が粉々に砕け散る音が頭の中で響く。

聖一さんにふさわしい女性……。そう言われて頭にふと友梨佳先生が浮かんだ。

「聖一にはアメリカでの仕事に集中してもらいたい、今後息子にいっさい連絡を取らないでほしい」

「え……」

私はきっと顔面蒼白な顔をしているだろう。身体から一気に血の気が引いていくのがわかる。

聖一さんの渡米期間は三年を予定している。その間、私は声を聞くこともできなくなる。

「親父、なにを言ってるんだ！　勝手なことを――」

聖一さんがソファーから腰を浮かせ、声を荒らげる。

「聖一さん」

冷静さを失いかけた彼に私が落ち着くように宥めると、聖一さんははぁとため息をついて座り直した。

「勝手？　心外だな。素性の知れない女性と結婚しようなどと、これは相良家にとって異例だ」

『素性の知れない』とはっきり言われてモヤッとするけれど、改めて分不相応な身なのだと思い知らされる。

「俺は家業を継がないなんてひと言も言ってないだろ、好きな女性くらい自由に選ばせてくれ」

私は自慢できるような家柄の出身じゃない、聖一さんのように御曹司の家柄は世間一般の結婚事情とは違うのだ。

私がいることで相良家にまで迷惑がかかる……そんなこと、私はしたくない。

床に視線を落としたまま、私は膝の上で拳をギュッと握って数回喉を鳴らす。

「わかりました」

「なっ……真希、わかっただって？　なにを言って――」

隣に座る聖一さんが驚いて私に向き直る。注がれる視線をたどるように私はゆるゆると顔を上げた。

「私は聖一さんにアメリカで頑張ってもらうため、金輪際、連絡も取りません。お父様もお忙しいでしょうし、もうお暇しましょう」

聖一さんに会えなくなるのはつらい。でも、このままではらちが明かない。

納得がいかない、と眉をひそめる彼に私はあえてニコリと笑ってみせる。すると聖一さんも大きく肩を落として「わかった」と小さくつぶやいた。

「ふむ、なかなか従順で賢いお嬢さんじゃないか」

お父様は満足げに頷いて、お茶をズッとすする。

私だってアメリカで頑張る彼の邪魔になるようなことはしたくない。友梨佳先生が言っていたように自分の存在が足枷になっていいのであれば、お父様に言われた通りにするしかない。

聖一さんが落胆の色を浮かべながらソファーから立ち上がりドアへ向かう。その背中をじっと見つめるお父様に私は最後にひと言伝えようと向き直る。

「あの……」

「なんだ」

まだなにか言いたいことがあるのか、と表情を曇らせるお父様に私はグッと拳を握った。

「私、十年も聖一さんのこと忘れられなかったんです。たとえ彼がほかの女性と結婚したとしても……私の気持ちはきっと変わりません」

お父様が胸の前で腕を組み、フンと鼻を鳴らす。険しい表情は変わらずなにも返答のないことがわかると、私も聖一さんの後に続いて部屋を後にした。

実家からの帰り、彼が夕食にショッピングモールへ寄ろうと誘ってくれたのに、とてもそんな気分にもなれなくて、結局どこにも寄らずに帰ってきた。

「真希、あれはどういうことだ？　いっさいの連絡も取らないだなんて、なぜあんなことを？」

家に着くや否や、開口一番に聖一さんが戸惑いを隠せない口調で尋ねてきた。けれど、帰ってきてすぐというタイミングはまずいと思ったのか、訂正するようにふるふると首を振った。

「ごめん、いきなり質問をぶつけたりして……疲れただろう」

「大丈夫です」

そうは言いつつも、私はマンションに帰ってきてからずっとソファーから腰が上がらない。そんな私を聖一さんが心配そうに見つめている。

「すみません、少し休んでいいですか？」

「ああ、それは構わないが……」

聖一さんが私の顔を覗き込み、眉をひそめる。私はふぅと息をついて精いっぱいの笑顔を向けた。

「お父様に言ったことですけど、連絡を取らないなんて嘘ですよ」

「え？」

「あのままだともう平行線でしたし、いったん、ああ言って話に区切りをつけたかったんです」

意表を突く私の言葉に聖一さんが目を丸くして、その後ホッとしたような笑みを浮かべた。

「そうだったのか、はぁ……もう気が気じゃなかった」

聖一さんは片手でガシガシと頭をかいて長いため息とともにソファーに座った。

「でも最後にひと言、十年も聖一さんのこと忘れられなかったんだから、私の気持ちは変わりませんって伝えました。お父様はなにも言ってくれなかったですけど」

私は聖一さんの横に腰を下ろし、精いっぱい努力してつくった笑顔を向けた。「俺だって気持ちは変わらない」とホッとしたように彼は微笑んでくれた。

「予定通り私もアメリカに行きます。急に決まったことだから引き継ぎとかの仕事があるし、聖一さんと一緒の飛行機には乗れませんが……アメリカで待っていてくださいね」

「あぁ、もちろんだ」

そう言って聖一さんが軽く私の唇にキスをする。

「三年経って、帰国したらまた改めてお父様に会いに行きましょう。やっぱり私が聖一さんと一緒にアメリカに行ったと知ったら怒るかもしれませんけど、想いの強さをわかってくれるかもしれませんから」

キスを解いて見つめ合うと彼は満足げな笑みを浮かべていた。けれど、その笑顔が私の胸をチクリとする。

ごめんなさい、聖一さん……私、こうするしかないんです。

「お父様も私が家柄にそぐわないから、きっと心配してるだけなんだと思います」

「まったく、家柄だのくだらない。そんな心配しなくてもいいのにな」

聖一さんが私の頬をなぞるように親指で何度もなでた。彼の笑顔を見るたびに、心の中ではまったく正反対のことを考えている自分が悲しい。

私はアメリカには行かない。許されないのだ。とにかく彼がなにも心配なく安心してアメリカへ発てるようにしたい。だから仕事を口実に一緒に行くはずだった出発日をずらすという嘘をついた。私がここで、「アメリカには行けません」と言えば、彼はアメリカ行きを本気で中止するかもしれない。聖一さんは海外の病院で功績を残し、いずれ家業を継ぐ。そしてどこかの令嬢と幸せな結婚をするのだ。お父様の言うように素性の知れない相手と一緒になったら相良家に傷をつけたと、聖一さんは親族から白い目で見られ続けるだろう。

私のせいで、そんなの絶対だめ。

「愛してるよ」

私を想ってくれる彼のまっすぐな気持ちに思わず目尻から涙がこぼれた。

「はい、私もです」

「真希……」

私の名前を甘く囁くのが合図だった。互いに身体を引き寄せ合って次の瞬間には性急に唇を深く重ねていた。

「んっ……」

熱い吐息が交錯して漏れる声もかすれる。恍惚とする頭の中で〝彼のすべてが欲しい〟という思いで隙間なく埋め尽くされた。

「聖一さん、私のすべてを抱き尽くしてください」

今、私の頭の中の思考回路はキスの熱によって正常に機能していない。だからこんな言葉がうっかり出てしまうのだ。

「そういうこと言われると、手加減できなくなる」

手加減なんて必要ない。胸の奥にある切なさをかき消すくらい強く抱いてほしい。

そんな意図を込めて私はゆっくりと頷いた。

情欲を孕んだ目をして聖一さんが私に覆いかぶさる。それと同時に私は唇を噛んで下腹部を震わせた。

本当は片時も離れたくない。一緒にアメリカに行けるものならどんなに幸せだろう。

私にそれは許されなかった。だから……彼の前から姿を消すしかない。

はなからアメリカに行くつもりがないのに、行くと嘘をついているなんて、想像もしていない聖一さんに抱かれながら私は心の中で何度も「ごめんなさい」をつぶやいた。

第九章　新天地へ

聖一さんが渡米するまでの間、互いの熱をその身体に焼きつけ刻み込むように、私たちは毎日のように愛し合った。

聖一さんにはアメリカで頑張ってもらいたい。でも、やっぱり行かないでほしい。そんなジレンマに苛(さいな)まれながら、ついに彼がアメリカへ旅立つ日がやってきた。

「早く仕事が落ち着くのを祈ってるよ、真希がアメリカに来るの楽しみにしてる。そのときは迎えに行くから」

保安検査場の前で人目もはばからず聖一さんはそっと私の額にキスを落とし抱きしめてくれた。

「はい」

私は一秒でも長く彼といたくて、休みをもらい空港まで見送りに来ていた。

この温もりに触れることができるのはこれが最後。だからギュッと彼の腕にしがみついた。

彼の期待を裏切る後ろめたさに胸が押しつぶされそうだ。涙をこらえるのに精いっぱいで、無理やり笑った顔もくしゃりと歪んでいるだろう。

聖一さんがアメリカへ発ったら、私はマンションを出て職場も離れようと思っていた。彼のスマホの番号も消し着信拒否にして、完全に彼の前から姿を消すつもりだ。そんなこと、聖一さんは知る由もない。

「もう行くよ」

聖一さんと最後の最後まで触れていた指先がついに離れると、一気に虚無感がこみ上げてきた。彼の前では泣かないように何度も唇を噛んで我慢した。うまく笑えていたかわからないけれどそれなりに笑顔になれたつもりだ。

「いってらっしゃい」

「ああ」

彼はやんわりと笑って名残惜しそうに私にゆっくりと背を向けた。

聖一さんの笑顔も頭に焼きつけた。別れたつらさで立ち直れなくても、彼の優しい顔を思い出したらなんとか頑張っていける。そう自分に言い聞かせるけれど、やっぱり今はまだだめだ。また明日、いつも通りの生活の中に聖一さんがいるような気がしてならない。

つい十二時間前までは、ベッドの上で聖一さんに抱かれてこの上ない幸せを感じていたというのに……。

出発ロビーは混雑していて、たくさんの人を見ていたら少し気分が悪くなってきた。

はぁ、帰ろう。

旅行に行くのかガイドブックを見ながら仲睦まじげにしているカップルや、これから海外出張に行くビジネスマンの姿を横目に私は深くため息をついた。


聖一さんがアメリカへ旅立ってから一ヵ月。

【仕事が思いのほか大忙しだ。やることや学ぶことが多くて寝る暇もない、けど真希が来るのを楽しみに頑張るよ】

これが三日前にスマホに届いたメッセージだった。

【元気で頑張ってください】

私はそう返信をして、何度もためらい泣きながら彼の連絡先を消去した。本当はすぐに連絡先を消すつもりだったけれど、まだ未練がありなかなかできなかった。

聖一さんと別れてから一ヵ月の間に、私はメルディーを辞めて、定期的にお見舞いに行けるよう千田記念病院の近くに引っ越しをした。聖一さんと一緒に住んでいたマンションは、いずれ帰国してくるときのために空き家の管理業者に依頼してある。私が再びこのマンションに戻ることはない。だから私物はすべて持ち出し残さないようにした。

引っ越してきたところは閑散とした田舎町で、おしゃれなお店とかなにもない場所だけど、どこからともなく潮の香りがして見渡せば遠くに海が見えた。海を眺めながら少しでも傷心が癒やされたらと思ってここを選んだ。絵に描いたような素敵なロケーションなのに、私の目にはモノクロームにしか映らない。色づいてくるにはまだ時間がかかりそうだ。

ここの町にある唯一の総合病院の食堂が私の新しい職場だ。ちょうど引っ越しを考えていたこの場所の近くにある総合病院が調理師を募集していたのを見つけ、すぐに連絡をした。わざわざ面接のために二時間かけて来てもらうのは大変だからと、先方のご好意でリモートによる面接が行われ即採用された。

荷ほどきしないとね、色々身の回りのことを整えていたら少しは気が紛れるかも。借りたアパートは目の前が海で二階の角部屋、八畳ひと間のワンルーム、部屋の隅にはマンションにあった私物がまだ片づけられていないまま放置されていた。

聖一さんと一緒に暮らすまではずっとひとり暮らしだった。つらいときにひとりという寂しさ、眠れないときにひとりという孤独、その感覚はわかっているつもりだったのに、聖一さんとの生活があまりにも温かくて、楽しくて、幸せだったから今この状況がとんでもなく耐えがたい。

あぁ、もう、くよくよ考えていても仕方がない。

私は振りきるように首を振り、荷物を片づけることにした。

手前にあったビニール袋を開けるとバッグが出てきて、中からひらりと名刺のような紙が落ちた。あ、と思って拾い上げると、それは初めて聖一さんとデートしたラウンジのショップカードだった。見た瞬間、あのときの記憶が一気に蘇る。

ずっと片想いしていた人とのデートに胸を弾ませて、ドキドキと高鳴る心臓を宥めるように何度も押さえたのを、まるで昨日のことのように鮮明に思い出す。

『かなり酔ってるな？』

『……はい』

『ちゃんと帰れるか？』

『わかりません……』

『ったく、しようがないな』

ずっと一緒にいたくて酔ってるなんて言って彼を困らせた。それでも聖一さんは優しくて、私に微笑みかけてくれた。でも、もう彼はここにいない。抱きしめてくれるもしない、その温もりに触れることもできない。
「っ、う……」
誰に聞かれているわけでもないけれど、口からこぼれる嗚咽を咄嗟に手で押さえる。
ずっと押し殺してきたものがここで堰を切ったかのように溢れ出す。唇を噛みしめる
とじわっと目元に熱がこもり始め、視界が揺らいだら雫が滝のように流れてきた。
ここまでくるともう自分でも止めることはできない。膝が崩れて床につく、大人に
なってこんなにも声に出して大泣きするのは久しぶりだった。
泣いて少しでも気持ちが楽になるなら全部出しきってしまおう、明日から新しい職
場へ初出勤だというのに、自分の顔パンパンに浮腫もうが、どうなっても構わない。
私はなりふり構わずひと晩中泣いた。

翌日の朝。

「今日からお世話になります小野田真希です」

うう、初対面でこの顔見たらさすがにみんな引くよね……。

なんとか気持ちを切り替えて私は今日から新しい職場になる〝笹野総合病院〟の食
堂へ向かった。この町に唯一設立された総合病院で慶華医科大付属病院に比べれば規

模は小さいけれど、去年改装工事をしたようで外観はさほど古くさい感じはなかった。

「おはよう。小野田さんね、こちらこそよろしく」

食堂の責任者である栗原さんという中年女性がニコリとして挨拶を返してくれる。

食堂はメルディーとはまた違う雰囲気で、薄暗くていかにも病院の食堂といった感じがした。馴染みのある光景を見ていたら、ふと職場の人たちのことが頭によぎった。

いきなり仕事を辞めたりなんかして、最後はみんな笑顔で送り出してくれたけど……私、メルディーの人たちに迷惑かけちゃったな。

「じゃあ、さっそくだけど厨房の説明をするわね」

「はい、よろしくお願いします」

栗原さんはふくよかで人当たりのよさそうな昔ながらの肝っ玉母さんといった風貌だった。

「あなた、大丈夫？　なにかあったらなんでも言ってね」

「大丈夫です。ありがとうございます」

聖一さんのいない生活に不安と寂しさが募っている今、そんな優しい言葉をかけられたらまた涙が出そうになる。

どんな人が新しく入ってくるのかと思っていたら、パンパンに目元を腫らし、浮腫んだ顔はまるで風船のような新人だった。だから栗原さんは私を見るなり一瞬ギョッとして驚いていた。

昨日はまったく食欲もなくて眠る気にもなれなくて、ひと晩中聖一さんのことを考えていたらいつの間にか朝を迎えてしまった。鏡に映った肌は荒れていて、仕事柄あまりメイクもできず、こんな顔で来てしまった申し訳なさが募る。

食堂の従業員は十人もいない少人数で、平均年齢が五十歳くらいとやや高めだったから私が入ってきたことで花が咲いたようだとみんな歓迎してくれた。幸い新しい職場の人たちはみんないい人ばかりで緊張がふっと抜けた。

いつまでもめそめそしてたらだめだね、聖一さんだって海の向こうで頑張ってるんだから。

初めこそは気持ちが沈みがちで失敗も多かったけれど、食堂のみんなが優しく接してくれたおかげでなんとか立ち直ることができた。そんな気遣いに恩返ししなきゃ、と一心不乱に働いてあっという間に一週間二週間と経ち、一ヵ月も過ぎれば仕事にも慣れてきた。けれどそれがかえって仇となったのか、ここ最近なんとなく身体が重だるくてなかなか疲れが取れない日が続いていたそんなある日。

「小野田さん、なんだか顔色悪いみたいだけど……」

「そ、そうですか?」

いきなり栗原さんに顔を覗き込まれ、慌てて笑ってみせるけれど彼女は心配げな表情でじっと私を見ている。

「大丈夫です」

「大丈夫って感じじゃなさそうよ、きっと早く仕事に慣れようとして変に頑張っちゃったのね。今日はそれほど忙しくないし、ランチタイムが終わったら帰りなさい」

「え、でも……」

栗原さんは責任者なだけあって細かなところにもすぐに気がつく。そして優しく声をかけてくれて、とても気遣いのある人だ。ちゃんと従業員のことをひとりひとり見ているし、だから私の顔色の変化も見逃さなかった。

「休むのも仕事のうちよ」

栗原さんに笑顔を向けられたらつい甘えたくなってしまい、私は午後から休みをもらうことにした。

「すみません、ありがとうございます」

大丈夫、とは言ったものの本当のところ今朝からずっと胃がムカカしていて、精神的にもいつもなら気にもかけないようなことがものすごく気になったり、急に泣きたくなったりと情緒不安定になることが増えてきた気がする。きっと色々あったせいで気疲れしているんだと思いたいけれど、この体調不良に心あたりがあるとすれば……。

まさか、ね。まだ検査したわけじゃないし。

脳裏に一瞬よぎる〝妊娠〟の可能性を、首を振って否定する。聖一さんとの子を授かったら嬉しいに決まっている。彼だってきっと喜んでくれるはずだ。でも、もう身を引くと決めた今、それを伝える術はない。

厨房の従業員に「お先に失礼します」と声をかけ厨房を出る。

ん、あれは……?

厨房を出て廊下を歩いているときだった。スーツを着た中年の男性が三人ほど遠くに見えた。そして私に背を向けた状態で突きあたりの角を曲がった。その中央にいた人物の後ろ姿になんとなく既視感を覚える。三人のうちで一番高齢っぽかったけれど、とにかく今はそれを深く考えている余裕はない。

なんだかますます気分が悪くなってきたかも……。

そう思いながら更衣室で着替えをしている最中、ぐらりと一瞬視界が揺れた。

え、なに?

思い起こせば寝る前に聖一さんのことを考えては眠れない日が続いていて、食欲もなく、今朝もなにも食べてこなかった。前に聖一さんが朝はコーヒーのみで済ませると聞いたとき、一日の始まりは朝食からですよ、なんて偉そうに言った自分が恥ずかしい。

きっと貧血気味になっているんだと、気合を入れるように両頬をパンパンと叩いたら少し気が紛れた。

とにかく早く帰って横になりたい。

職員専用出入り口まですぐなのに、廊下を歩いている間がすごく長く感じた。そのとき。

「きゃっ」

知らず知らずのうちに下を向いて歩いていたせいで、目の前に人がいることに気づかなかった。

ぶつかりそうになり咄嗟に顔を上げると、目の前にいた意外な人物に私は目を見開いた。

「……友梨佳先生？」

「え？　小野田さん？　ちょっと、なんでこんなところにいるの？」

グレーのフォーマルなスーツ姿で手に書類を抱えた友梨佳先生がパチパチと目を瞬かせている。いつも白衣を着ているところしか見たことがなかったから友梨佳先生だと気づくのが一瞬遅れた。格好からして知り合いか家族がここに入院していてお見舞いに来た……ような感じでもない。

「すごい偶然ね。午前中、ここの病院で講演会があったのよ」

訝しげに眉をひそめながら見つめられると、〝ここでなにをしているの？〟〝仕事を辞めたって本当なの？〟と、口には出さずとも彼女の言いたいことがひしひしと伝わってくるようだ。この偶然に驚きを隠せないといった感じで目をぱちぱちさせて私を見ている。

友梨佳先生が時折病院や大学で行われる講演会の講師として呼ばれていることは知っていた。

まさかここの病院で偶然会うなんて思いも寄らなかったな。

「友梨佳先生、お久しぶりです。そうなんです、メルディーを辞めて今、ここで働いてるんです」

きつく睨まれたり、色々あった友梨佳先生だけど以前の顔見知りに会うとなんだか少しホッとしている自分がいる。なにも知らない見知らぬ土地、職場の人、もちろん友達もいないし、私は相当孤独を感じていたのだと思い知らされた。

「なにがあったのか知らないけど、まさか、以前私にさんざんコケにされてそれで辞めたんじゃないでしょうね？　あなたの聖一への想いってそんなもんだった――」

「違います！」

確かに『枷になってる』とか『身の程を知らない』なんて言われて傷ついたけれど、どうしても聖一さんと一緒になれないことのほうがつらい。友梨佳先生は私の気持ちなんてわからない。だからつい反発するように友梨佳先生の言葉を切って大きな声が出た。

「後にも先にも聖一さん以上の人はもう現れないんだって思います。すごく愛してた。でも……」

涙声になりそうになるのをグッと唇を噛んでこらえる。その姿に友梨佳先生が困ったようにため息をついた。

「聖一さんにはアメリカで頑張ってもらいたいし、彼のことが好きだからこそ……こうするしかなかった」

だから聖一さんの前から姿を消したのだ。そう理解した友梨佳先生はやれやれと首を振った。

「まったく、だから言ったじゃない。お父様になにか言われたのね？」

思いも寄らない彼女の鋭い指摘に私は言葉を失う。咄嗟にごまかすような機転も利かず、ただじっと見据える友梨佳先生の視線から逃れるように、私は黙って軽く顔を背けた。そしてそれが答えだと察した友梨佳先生は、はぁとため息をつく。

「聖一のお父様も今日の講演会にいらっしゃってるから、顔を合わせたくなかったら気をつけたほうがいいわよ」

「え……」

お父様がここに？

そういえばついさっき、廊下で見た三人の中年男性の後ろ姿に、ひと際既視感を覚えた。

まさか、あの人が聖一さんのお父様だった……？

メルディーを去り、私がここにいる原因も悟られた。だから友梨佳先生に自分の身にあったことを話そうとしたけれど、こんな話をしても仕方がないと、私は開きかけた口をわずかに動かしただけで結局なにも言えなかった。

「それより、あなたすごい顔色してるわよ？　具合でも悪いの？　ちょっと貸して」

友梨佳先生が私の手首を取って脈を取り始める。その細くて長い指がひやりとした。

先ほどまではたいしたことなかった胃の不快感がじわじわとこみ上げてきて、嫌な汗が滲む。

「少し頻脈ね、貧血気味じゃない？」

うぅ、だめ、もう吐きそう。

「小野田さん？　大丈夫なの？」

「すみません！」

我慢の限界だった。私は友梨佳先生にろくに返事ができないまま、口元を押さえ近くにあったトイレに駆け込んだ。

……はぁ、最悪。

水で流した口を拭い、鏡に映る自分を見ると青白くて目の下にクマもできていた。

こんな顔してたら誰だって心配するよね……早く帰って休もう。

おぼつかない足取りでなんとかトイレから出る。すると、友梨佳先生がドアの向こうに立っていて名前を呼ばれたような気がしたけれど、そこで私の意識がふっと途切れた。

第十章　幸せの扉

——ごめん、真希。本当は園部が俺の婚約者なんだ。

——だから……別れてほしい。

——いや、やだ、聖一さん、行かないで！

——私……もしかしたら聖一さんとの間に赤ちゃんが——。

「ちょっと、ねぇ、大丈夫？」

「っ⁉　え、あ……」

肩を揺さぶられ、バチッと目を見開く。

気がつくと私はベッドに寝かされていて、心配げに見下ろしていたのは友梨佳先生だった。

「ずいぶんうなされていたから、起こしたほうがいいと思って」

彼女の向こうには見知らぬ天井、そして私の腕には点滴の管がつながっていて輸液バッグからなにかの液体がポタポタと滴下しているのが見えた。

ここは、病院？　それにしても嫌な夢だったな……。

息も苦しくなるような夢だった。けれど目を覚ましたと同時に内容がぼやけてはっきりと思い出せない。

「友梨佳先生、もしかしてずっと私に付き添っていただいていたんですか？」

「ずっとって言っても、あなたが倒れてから一時間くらいよ。そんな長い間じゃないわ」

倒れた？　そうだ、私、仕事を早退して帰ろうとしたら友梨佳先生に偶然会って、それから気分が悪くなって……。

記憶を思い巡らせていたら、友梨佳先生が綺麗に整った眉を歪めた。

「ここの病院に知り合いの内科医がいるの、ただの貧血だそうよ。まったくいきなり目の前で倒れたからびっくりしたじゃない」

「すみません……」

私が気を失っている間、友梨佳先生にどんな迷惑をかけたかわからない。彼女も仕事で忙しいのに、こうして私に付き添ってくれているのが意外だった。

「ところで、聞きたいことがあるんだけど」

「はい」

友梨佳先生が急に改まる。今はまだ頭がうまく働かなくてぼーっとしている。うっかり口を滑らせて余計なことを言ってしまうかもしれない。

「今月の生理は?」

「え?」

どうしてこの病院にいるのかとか、なぜ突然メルディーを辞めたのかなどを聞かれるかと思いきや、彼女の質問はまったく別の方向から飛んできた。おそらく、検査上貧血以外の異常は認められなかったのだろう。だからほかに考えられる可能性として、友梨佳先生は妊娠を疑っているのだ。

嘘やごまかしを言っても仕方ないよね。

「実は、先月からきてなくて……」

「検査はしてみたの?」

聖一さんとのことで色々あったから……と言ったら言い訳だけど、生理が遅れていることに気づいてから約二ヵ月が経とうとしていた。

「いいえ、私がただ勘違いしているだけと思って――」

「聖一との子よね?」

「もし、妊娠していたら……そうです」

それを聞いて友梨佳先生が腕を組んでしばらく考え込む。そしてパッと視線を上げて口を開いた。

「聖一のお父様からまた婚約の打診がきたの。うちの父は大きな病院とつながりが持てると呑気に喜んでいたけど、きっとうちの病院も相良総合病院の傘下にしようっていう目論見があるのよ」

やっぱり聖一さんのお父様は友梨佳先生のことを婚約者にしたかったのね……。

彼女も大病院の院長の娘で、綺麗で聡明で少しわがままなところを差し引いても文句のつけどころのない女性だ。

「聖一とは長い付き合いだったから、いきなりあなたに取られたような気がしてね……意地悪も言ったけど、妊娠してるんじゃ、もうあなたに勝てないじゃない」

友梨佳先生が弱り顔で小さく笑った。

「それに言ったでしょ？　聖一のお父様は利己主義だって、自分の息子の幸せよりも家業の安泰なのよ」

ベッドに横になりながら何度も目を瞬かせていると、友梨佳先生があきれの滲んだため息をついた。

「お父様になんて言われたの？　ここはちゃんと話したほうが身のためよ」

話したことで気持ちが楽になるなら、そのほうがいいのかもしれない。

私はギュッと布団を握りしめ、ゆっくりと口を開いた。

「本当は聖一さんと結婚して一緒にアメリカに行くつもりにしてたんです。でも、アメリカに行くどころか結婚も大反対されてしまって」

思い出すだけでも嫌な記憶だ。お父様に言われた言葉が脳裏に蘇る。

「素性の知れない家柄の娘と結婚なんて分不相応なんでしょうね、相良家にふさわしい女性は私でなくともたくさんいる。そう言われました」

それを聞いた友梨佳先生が一瞬目を丸くし、はぁと肩を下げた。

「お父様の言いそうなことね、それで身を引いたと」

「え？」

「でもお人好しもほどほどにしないと自分がつらいだけよ？　このままお父様の言いなりでいいわけ？」

友梨佳先生……。

彼女からこんなふうに言われるなんて思ってもみなかった。話の流れで私は今どこに住んでいて、どんな生活をしているかなどを友梨佳先生に話した。

「少しでも話を聞いてもらえてよかったです。誰にも言えませんでしたから」

ぽつりとつぶやいて苦笑いする私に、友梨佳先生が同情するように眉尻を下げる。

「私、きっと聖一さんとの子どもを妊娠していると思います。まだ検査したわけじゃないんですけど……なんとなくわかるんです」

言葉にすると、私の中の母性本能が目覚めるようだ。もう母親になった気になってそっとお腹に手をあてがう。

「たとえ聖一さんと一緒になれなかったとしても、お腹の子だけは絶対に誰がなんと言おうと守ります」

「あなたには、その覚悟があるっていうのね？」

じっと真剣な眼差しを私に向け、友梨佳先生が私の真意を確かめるように問いかける。

「はい。なんの根拠もないですけど……ちゃんとうまくいくって、今はそう信じるしかないですから」

心配そうに私を見つめる友梨佳先生に、私は今にも泣きそうになるのをこらえて笑ってみせる。すると、彼女も小さく微笑みを返した。

そして数日後――。

予想通り、私の妊娠が発覚した。

『小野田さん、お腹の赤ちゃんはどう？』

「はい、順調みたいです。今日は休んでしまってすみませんでした」

今日は健診の日で、仕事も午後から行くつもりにしていたけれど「無理しないように」と、栗原さんの好意で一日休みをもらった。

『いいのよ、ゆっくりしてね』

聖一さんの子を妊娠している。検査前からそんな予感はしていたから、実際に医者から七週目に入っていると告げられてもさほど驚きはしなかった。

むしろ改めて喜びを身に感じて涙が出た。厨房の従業員たちに妊娠のことを報告したら自分のことのように喜んでくれて、みんなの優しさには感謝してもしきれないくらいだ。

私は栗原さんとの電話を切り、スマホをポケットにしまった。

夕暮れ時、オレンジ色がかった海が目の前に広がっている。今まで海をこんなに間近に感じたことはなかった。

気持ちが沈んだとき、なんとなくこの海を見渡せる浜辺に足を運ぶようになった。

水平線を見つめていると、あの向こうに聖一さんがいるような気がする。

ここに聖一さんとの赤ちゃんがいるんだよね。

そっと手をお腹にあてがい心の中でしみじみつぶやく。

妊娠が発覚する前のほうがなんとなくつわりがひどかったような気がするけれど、ここ数日落ち着いている。せっかく休みをもらったんだし、気分転換に海を見ようとひとり浜辺にやって来たけれど、先々のことを考えるとあまり明るい気持ちにはなれなかった。

聖一さん、私たちの赤ちゃんができたんですよ。

聖一さん、パパになるんですよ。

幸せに包まれながら、こんなふうに彼に報告できたらどんなによかっただろう。でも、そんな日がくることはないかもしれない。

頭の中に浮かんだ言葉だけが虚しく響く。すると急に鼻の奥がツンとして、目元に熱がこもる。

泣いちゃだめ。

聖一さんのお父様は初めから別れさせるつもりだった。信じていた人に裏切られるのはつらい。

でも、友梨佳先生が言っているだけで確証はないもの。

そう言い聞かせている自分が惨めで、ツッとひと筋の涙が頬を伝う。

「大丈夫よ、ママがちゃんといるからね」

「おいおい、パパもちゃんといるだろ」

……え？

今、一瞬聖一さんの声が聞こえたような。

彼はアメリカにいるはずだ。声なんか聞こえるわけがない。きっと会いたい気持ちが募りすぎてついに幻聴となって現れたのだろう。

疲れてるのかな、帰ろう。

踵を返して歩きだそうとしたそのとき。

「真希」

不意に大きな影に覆われて、私の目の前に誰かが立ちはだかる。自分の名前を呼ばれ、ハッとして視線を跳ね上げた。そこに立っていたのは——。

「やっと見つけた」

私の前でほっとしたように眉尻を下げ、にこやかに笑っている人物が信じられなくて何度も目を瞬かせ目を丸くする。呼吸することさえ忘れて時が止まったかのように思えた。

「せ、いち……さん？」

いるはずもない人が今、私の前に立っている。夢なのか現実なのかさえもわからないまま、その人は私をふわりと抱きしめた。すると涙が私の目からパッと散る。

「すまない、つらい思いをさせた」

喉から絞り出すような声は少し震えていて、吐息が私の耳朶をかすめるとようやく彼と目が合った。

「泣くな、もう大丈夫だから」

じわじわと自分の身に起こっていることを頭の中で処理し始めたら、やっぱり目の前にいるのは紛れもなく聖一さんだと理解することができた。

「聖一さん、どうしてここに？　アメリカにいるんじゃ……」

それに私が引っ越した場所をどうやって見つけたのか、まるで魔法を使ったかのような出来事だ。

「園部から全部話は聞いた。真希がメルディーを辞めたことや、引っ越し先とか、そして妊娠している可能性も……」

友梨佳先生が先日会ったときのことを彼に連絡したのだろう。私がなにも言わなくても、もう聖一さんの知るところとなってしまった。だからもう隠していても仕方がない。

「妊娠七週目に入ってるそうです」

「そうか」

聖一さんが愛おしげに私の頬を親指でなぞる。もうこんなふうになでてもらうことなんてないかもと思っていたから、急にホッと安堵感が押し寄せたまらない気持ちになった。

「聖一さん、赤ちゃんができたこと……嬉しいですか？」

私は彼との子を宿せて嬉しかった。でも、聖一さんの気持ちはまだ聞いていない。嬉しいと思っているのは私だけかもしれない、そんな考えがふとちらついた。すると、聖一さんはなぜそんなことを聞くんだとばかりに一瞬目を丸くして、はぁと肩を落とした。

「嬉しいかだって？　嬉しいに決まってるだろう、それに……」

聖一さんの表情が少し崩れ、影が差す。

「親父に挨拶しに行ったあの日の夜、なんとなく真希の様子が変だと感じたんだ。密かに俺と別れようとしているんじゃないかって」

彼に抱かれながら別れたくない。けれど、身を引かなければならないかもしれない、あのとき、本当はそんな複雑な感情が入り交じっていた。

「そして案の定、真希と連絡が取れなくなった。気が狂うほど心配ですぐにでも帰国して捜そうと考えたが、仕事が忙しすぎて身動きが取れなかったんだ。ごめん」

「聖一さん……」

彼には私のわずかな気持ちの揺れさえも敏感に感じ取っていたのだ。

聖一さんは私が後から追ってアメリカに行くと嘘をついたことをいっさい責めたりしなかった。むしろ私の気持ちを理解してくれてつらい思いをさせたと、申し訳なさそうにしていた。そんな彼の優しさに改めて世界中の誰よりも聖一さんのことを愛していると実感した。

「真希を捜しに行けない間、本当にもどかしくて、なんとか上司に相談して一時帰国したんだ。もう真希のいない生活なんて考えられない」

聖一さんの顔がくしゃりとわずかに崩れ、私もつられて鼻の奥がツンとする。

「それに真希を見つけ出せて、なおかつ予想外に嬉しいこともあった」

「嬉しいこと？」

「真希が俺の子を妊娠してるってことだよ。もう、嬉しすぎて言葉が見つからないくらいだ」

私だって聖一さんとの間に子どもができたなんて夢みたいだ。だから私と一緒の彼の気持ちが聞けて嬉しい。

「私、お父様に言われてハッとしたんです。やっぱり分不相応なんだって、アメリカに後から行くなんて嘘ついてごめんなさい」

震える声を振り絞り、自分の気持ちを伝えると聖一さんがやんわり微笑んだ。

「もうそんなふうに思わないでほしい。守らせてくれ。真希と、俺たちの子を……そのために迎えに来たんだ」

「え？」

目を瞬かせ彼を見つめる。すると、聖一さんの表情が曇った。

「こんなことになるなら、反対されても一緒に連れていくべきだった。もうつらい思いはさせない」

そんなふうに優しい声で言われたら、もうこらえきれなくなるじゃない。

私は聖一さんの胸に頬を押しつけ、嗚咽を漏らした。

「もう会えないんじゃないかって……でも、聖一さんを想うなら、身を引くことが一番だって、そう思ったんです……」

「真希の存在が邪魔だなんて思うわけないだろう」

聖一さんが私の身体を包み込むようにそっと抱きしめる。そしてもう泣くなと言わんばかりに頬、額、唇にキスをした。

「真希をこのまま残しておくわけにはいかない。このままアメリカへ連れていく」

聖一さんの強い気持ちがガツンと胸に響く。

まさか、聖一さんが迎えに来てくれるなんて思いもしなかった。それはあまりにも突然で嬉しくてたまらないはずなのに、心のどこかで戸惑っている自分がいる。

やっぱり気にかかっているのは聖一さんのお父様のこと。

それが胸によぎると、無意識に表情が硬くなるのがわかる。

「真希？」

「聖一さん、やっぱりアメリカに行くならお父様に認めてもらいたいです」

「なんだって？」

言われた意味がわからない、というように大きく彼が目を見開く。

「お父様が納得しないままアメリカに行ったとしても、きっと私の中でずっとお父様のことが気になってしまうんじゃないかって」

私の言ったことはきっと間違ってはいない。そう自分で背中を押して、じっと聖一さんを見つめた。

「俺は親父から愛する人を傷つけられて心底うんざりしているんだ。納得させるもなにもあるものか」

彼があきれたようにため息をつく。

「お父様に認めてもらうのは簡単なことじゃないかもしれません。でも、このままじゃ、きっと幸せになれない気がするんです。それに私のこともわかってもらいたい」

彼はしばらく押し黙り俯いた。寄せては返すさざ波の音だけが耳をかすめていく。

目を逸らさず聖一さんの顔をどのくらい見つめていただろう。

「聖一さん?」

笑っているのか、俯く聖一さんの肩が小刻みに震えだした。

「あはは、悪い。真希は本当に譲らない性格だな、でも考えてみたら自分も同じようなところがあると思ったらおかしくてさ」

本当だ。聖一さんもこうと決めたら譲らないところがある。似た者同士と思うと私も笑みがこぼれた。

「本当はこのまま親父になにも言わず真希をアメリカに連れて帰るつもりだったが……わかった。もう一度話をしに行こう。ついでに文句のひとつでも言ってやりたいからな」

「もう、ケンカしに行くわけじゃないんですよ?」

「けど、また真希に嫌な思いをさせるようなことになったら……今度は自制する自信がない」

眉間に皺を寄せる聖一さんに私が「大丈夫」と笑ってみせる。

「私、どんなことがあってもめげませんから、平気です」

「……真希のそういう芯の強いところ、好きだよ」

互いに見つめ合い、吸い寄せられるように唇を重ねる。この温もりがある限り、きっと私は大丈夫。

そんな想いを込め、私の身体を抱きしめる彼の腕にギュッとしがみついた。

翌日の朝。

自分勝手な行動に後ろめたさを感じつつ栗原さんに電話をかけた。そしてこれまでの事情を全部話すと、彼女は根掘り葉掘り聞くことはせず、笑って背中を押してくれた。ほんの少しの間だったけれど、私の中ですでに情が湧いていて思わず電話口で涙ぐんでしまった。

『最初からなんか訳ありな感じの子ね～なんて思っていたけれど……そう、とにかく頑張りなさい。ほら、泣かないの』

「はい」

『じゃあ、元気でね』

栗原さんとの電話を終え、朝食の買い出しに近所のコンビニへ出かけた聖一さんを待つ。

昨日、聖一さんはここへ泊った。彼は片時も離さないというようにずっと私を抱きしめて寝てくれた。やっぱり畳に布団一枚でひとり寝るのは虚しい。だからか、昨夜は久しぶりによく眠れた気がした。

しばらくしたら聖一さんが帰ってくる。そして午後には彼の実家へ行く予定だ。

今度こそお父様に認めてもらえたらいいんだけど……。

彼は明日にでも私をアメリカへ連れていく気でいる。急にまた引っ越すことになり、昨夜は荷物の片づけやらに追われなんだか一気に慌ただしくなった。

「もう少しでパパ帰ってきますからねー」

まだ膨らんでもいないけれど、私のここに聖一さんとの子がいる。そんなふうにお腹をさすりながらの赤ちゃんに語りかけるのも、初めはなんだか照れくさかった。

アメリカでのマタニティーライフってどんな感じなんだろ。

ちゃんと英語も勉強しないとね。

異国の地に思いを馳せていたそのとき。コンコンと丁寧に玄関のドアをノックする音がした。私はなんとなくそのノックの仕方に違和感を覚えたけれど、聖一さんが帰ってきたかもという思いのほうが勝り、軽い足取りでドアを開けた。が。

「失礼するぞ。聖一は不在か？」

てっきり笑顔の聖一さんがいるものだと思っていたから、目の前に立っていた人物に私は息をのんで目を瞠る。

「あ、の……」

ドアの向こうにいたのは口をへの字に歪め、険しい表情をした聖一さんのお父様だった。

「やはりな、先日の講演会で君に似た女性を見かけたと思ったんだよ、もう息子と会わないなんて言っておきながら、ここに聖一が来ただろう？」

あきれを滲ませた冷めた目で見つめられ、身体が硬直する。

「聖一の上司に息子の様子はどうかと電話をかけたら、『大事な人を捜しに日本に帰った』とそう聞いて驚いたよ。だからもう聖一には関わらないでほしいと直接言いに来たんだ」

「講演会で私を見かけたとしても、どうしてここがわかったんですか？」

「相良家を甘く見てもらっては困る。君が行方をくらませたところで捜し出すことなんて造作もない」

お父様の目がギラリと鋭く光った気がして背中に嫌な汗が滲んだ。

一度は身を引くことが聖一さんのためだと思って別れを決意した。でも、聖一さんは忙しい合間を縫ってでも帰国して私を捜し出し、迎えに来てくれた。そんな彼の情熱に私もちゃんと応えなければ。そう思うと、急に勇気が漲ってきた。

「私、やっぱり聖一さんのこと諦めきれないんです。一度は別れようとしましたけど、十年も想い続けてきた自分を信じたいんです。彼のことも」

「私は認めんと言っているだろう！　絶対にだ！」

お父様は私にもう会わないことを約束させるためにここに来たけれど、頑として負けない気持ちをぶつけられて気分を害したのか、吐き捨てるように言ってくるりと踵を返した。

「お父様！　待って！　ちゃんと話を聞いてもらえませんか？」

いずれは聖一さんの実家に行ってちゃんと話をしようと思っていたことだ。ここで帰られてしまってはもう二度と会ってくれないような、そんな気がした。そう思って外階段を下りるお父様を追いかけた。そのとき。

「真希！」

階段の下から突如声がしてそのほうへ視線を向けると。

聖一さん！

出先からちょうど帰ってきた聖一さんが、何事かと階段を勢いよく駆け上がってくるのが見えたその瞬間、身体の向きを急に変えたことでバランスを崩し視界がぐらりと揺れた。

「真希！」

切羽詰まったような声で彼が私の名前を呼ぶけれど、私はもう足を踏み外していた。

え、やだ、私また階段から落ちるの？

だめ！ 今の私のお腹には聖一さんとの赤ちゃんがいるのに。

聖一さんと再会できたのは、歩道橋の階段から落ちたことがきっかけだった。あのときは自分ひとりの身体だったけれど今は違う。

咄嗟に手すりを掴もうと手を伸ばしたものの、するりと虚しく宙をかく。

もう終わりだ。絶望の淵に立たされたそのとき。

階段から転げ落ちて激しく地面に身体を打ちつけるような衝撃を覚悟していたけれど、予想外にもふわりと抱き留められる感覚に包み込まれた。

「しっかりしろ！」

耳元で大きな声がして、ギュッと固く閉じていた両目を恐る恐る見開く。

「大丈夫か？」

声をかけられて瞬きをすれば、聖一さんの顔が飛び込んできた。

あれ……？　どこも痛くない。

聖一さんが階段から転げ落ちる寸前で私を抱き留めてくれたからだ。そう気づくのに時間はかからなかった。

「また階段から落ちて頭を打つ気か？」

わかりやすくホッとする聖一さんの顔を見たら、怖かった、不安だった、赤ちゃんになにかあったらどうしよう、という感情がこみ上げてきて私は勢いよく彼の腕にしがみついた。

「親父、これはいったいどういうことだ？　なぜここに？」

お父様は黙って気まずそうに目を泳がせる。視線を上げて聖一さんを見ると、お父様を鋭く睨みつけ今まで見たこともない形相で怒りを露わにしていた。

「真希は俺の子を妊娠しているんだ。あまり手荒な真似をしないでほしい」

「な、なんだって？」

私が身重だったことを知ったお父様は口を噤んで顔色を変えた。

「悪いけど今日は帰ってもらえないか、彼女にこれ以上負担をかけたくない。話は後日聞くから、俺も親父に話したいことがあるし」

彼は私の背中に手をそっとあてがって、「行くぞ」と促した。

「怖かっただろ」アパートの部屋に戻るなり、そう言って聖一さんが私を抱きしめてくれた。

ものすごい形相で怒りを露わにしていたお父様だったけれど、私が妊娠していたと聞いたら勢いが萎えたように黙って帰っていった。聖一さんに怒られたのもショックだったのかもしれない、なんだかその後ろ姿が寂しそうで、申し訳ない気持ちになった。

「ん……聖一さん」

重ねられる口づけ。そしてその温もりに私は改めて安堵感に浸る。

「私は大丈夫です。前回は階段から落ちましたけど、今度は聖一さんがちゃんと守ってくれたから」

「そうか、間に合ってよかった。あのまま階段から落ちていたらと思うとゾッとする」

聖一さんは私の存在が無事にここにあることを確かめるように、抱きしめる腕に力を込めた。

数日後。

私は聖一さんに連れられて以前一緒に暮らしていた彼のマンションへと戻ってきた。それもつかの間、聖一さんはもう来週にはアメリカへ帰らなければならなかった。私はどうしてもお父様と話がしたくて、今日、慌ただしいまま聖一さんと一緒に車で彼の実家へと向かった。

相変わらず堂々とした佇まいの彼の実家に到着すると、お父様が待っているという応接間に通された。

「入ってくれ」

ドアをノックすると、向こうから返事がして聖一さんがゆっくりとドアを開ける。

「失礼します」

部屋の中へ入ると、一気に緊張感が増してきた。

以前、ここで私はお父様からふさわしくないからと言って結婚を反対された。あのときの言葉を思い出すと、今でも胸が痛い。けれど、今日のお父様は前回のような険しさはなく、ほんの少し覇気がないようにも見えた。

　ソファーに座るように促され、聖一さんが座った横に私も腰を下ろす。お父様は一人掛けのソファーに向かい合うように座った。応接間に水を打ったような沈黙が流れる。

「自分が渡米している間、あんな勝手なことやられたのでは、おちおち仕事にも手がつかない」

　そう言って重苦しい沈黙を破って聖一さんが口火を切った。

「真希を連れてアメリカへ行く。彼女にした失礼を詫びるなら、俺たちのことを認めてほしい」

「……私が悪かったよ。小野田さんにも迷惑をかけた」

　お父様は観念したようにぽつりと謝罪の言葉を口にした。そして再び鼓膜が痛くなるくらいの沈黙が応接間に流れ、私は居てもたってもいられなくなり口を開いた。

「あの、お父様が結婚に反対する理由は……やっぱりうちの家柄が悪いとか、私の職業的なことですか？　それとも容姿の問題――？」

　するとお父様は静かに首を振って小さく笑った。

「本当のことを言うとね、全部違うんだよ」

「え？」

「園部のお嬢さんと見合いをさせようとしたのも、聖一が彼女のことを愛していないとわかっていたからだ」

どういうこと？と私は聖一さんと目を見合わせる。彼も、お父様が言ったことがわかりかねるといった様子で私を見返した。

「本当に好きな相手と結婚することは、それ以上に幸せなことはない。けれど、その存在を失ったとき……私は立ち直ることができなかった。いずれ、聖一には家業を継いでもらわなければならないからな、私のようになっては困ると、思ったんだ」

目を細め今にも雨が降りだしそうな窓の外を見つめるその瞳は、どことなくなにかを懐かしんでいるような切なさが滲んでいた。

「薄々感じてはいたが……親父がメスを握らなくなったのは、やっぱり母さんが死んだことが原因なのか？」

聖一さんが母親のことを口にした瞬間、お父様の表情がわずかに強張った。そして、しばらく黙り込んだ後ゆっくり唇を動かしてぽつりとつぶやいた。

「母さんが死んだのは……私の責任なんだよ」

肘掛けに肘をのせ、まるで過去の事実から目を逸らすようにお父様が目元を手で覆う。

「聖一、お前にはまだ話していなかったが……」

お父様は戸惑いを滲ませた口調で静かに語りだした。

聖一さんのお母様は紗枝さんといい、お父様と結婚し聖一さんも生まれて幸せな生活を送っていた矢先に脳腫瘍が見つかった。良性の腫瘍だったため、治療しながら数年経過観察していたけれど、症状が悪化してきたため手術することになったらしい。

「そしてその摘出手術の執刀医が私だったんだ。しかし……」

術後に容体が急変し、そのまま帰らぬ人となってしまった。手術はうまくいったのに結果が伴わなかったことを、お父様は長年ずっと悔いていたようだ。

「紗枝は私にとってかけがえのない存在だったにもかかわらず、病から救うことができなかった……それ以来、医者としての自信を失ってしまったんだよ。今だって名ばかりの院長だ。大切な存在は時として最大の弱みになるものだ」

聖一さんが家業を継ぐためには、その道から外れてしまわないように、自分と同じ轍を踏ませてはいけない。だからお父様は、私との結婚をかたくなに反対していたのかね……。

その胸の奥でずっと誰にも言えずにひとりで過去の悲しみを引きずっていたのかと

思うと切なさがこみ上げてくる。

「自分がそういう経験をしたからって俺がそうなるとは限らない。でも、親父の本心が知れてよかったよ、すまない、俺もずっと誤解していた」

お父様の本音を聞いて聖一さんが納得したように頷いた。

「俺の心配は無用だ。ちゃんと家業も継ぐ。俺にとって真希は大切な存在だし、そんな彼女と人生を歩んでいきたいんだ。授かった命と一緒に」

俯きがちに床に視線を落としていたお父様がパッと顔を上げる。

「子どもができたって言っただろう。俺と真希の」

それを聞くとお父様は大きく目を見開いて息をのんだ。

「真希のアパートに親父が来たときにそう言っただろ？　嘘だと思った？」

「え、あ、いや……」

結婚を反対しているにもかかわらず先に子どもができたことを怒るだろうか、それとも一緒に喜んでくれるだろうか、胸の内が読めないお父様を見つめながらそっと手をお腹にあてがうと、聖一さんが包み込むように私の手の甲を優しく握った。

「大切な存在だからこそ、命がけで守りたいんだ」

しばらく黙って床の一点を見つめていたお父様の目元がふっと緩む。すると。

「ふふ、はは」

なんの前触れもなく急に笑いだしたものだから、まさかついに気がふれてしまったのでは、と目を瞬かせ本気で心配になる。

「いや、すまない、そうか……」

ひとしきり笑い終わると、お父様は拭うように片手で顔をひとなでして大きく息づいた。

「私が本当に祖父になるのかと思ったら、なんだか感慨深くてな……デレデレしている自分の姿を想像したら、おかしくて笑ってしまったよ」

目尻に皺を寄せ、頬を緩ませるその表情に、私はお父様の本来の優しい性格を垣間見た気がした。

お父様ってこんなふうに笑うんだ。なんとなく、笑った顔が聖一さんに似てるな……。

そう思っていると、お父様がおもむろに鞄からスケジュール帳を取り出した。

「小野田さんの親御さんは千田記念病院に入院していると言っていたな？」

「はい」

「来週、うちの愚息をよろしくと挨拶に伺おう」

えっ！　挨拶？　じ、じゃあ……。

私は飛び跳ねる気持ちを抑え、聖一さんへ視線を向ける。彼も私を見下ろして笑顔で頷いてくれた。

「ふたりとも、必ず幸せになると誓ってくれ……それと」

コホン、と改めて咳払いをし、そしてちょっぴり照れくさそうにお父様がポリポリと頬をかいた。

「孫が生まれたら、その……私に抱かせてくれないか？」

まさか、お父様の口からそんなふうに言われるなんて思っていなかった。

私は胸がいっぱいになり、思わず歓喜の声が口から飛び出しそうになって慌てて両手で口元を押さえる。それでも目はすでに潤んでいて、「はい、もちろんです」と答えたと同時に大量の涙が溢れてきた。お腹の子の性別はまだわからないけれど、お父様が嬉しそうに笑いながら腕に抱いている姿が目に浮かんだ。

「よかった。小野田さん……いや、真希さん、今までの私の振る舞いを考えたら都合のいい話だとは承知している。本当にすまないことをした。許してほしい」

私はコクコク頷いて、頭を下げるお父様にニコリと笑顔を向けた。それに名字ではなく、名前で初めて呼んでくれたことに胸が熱くなる。

「お父様にわかってもらえないままアメリカへ行くことはできないってずっと思っていました。でも信じていたんです。きっと伝わるって……」

私の笑顔にお父様が微笑んで応えると、氷が溶けるようにすべてのわだかまりが流れていくように感じた。

あぁ、これでやっと私は聖一さんと一緒になれるんだ。

ここへ来たときは今にも雨が降りそうなどんよりとした分厚い雲に覆われていたけれど今はすっきりと晴れて、差し込む太陽の光がまるで私たちの未来まで明るく照らしてくれているようだった。

翌日。私の両親の都合がついて急遽この日に聖一さんと一緒に挨拶に行くことになった。両親とも久しぶりに会った聖一さんに涙して、結婚の報告をしたらまた目を潤ませていた。そして聖一さんと一緒にアメリカへ行くことを寂しい反面、大賛成してくれた。けれど。

「真希、大丈夫か、あまり無理するなよ」

「はい、少ししたら落ち着くと思うので」

渡米する準備を始めようとしていた矢先、私は落ち着いていたつわりの波に再び悩まされることになった。

いけない、もうこんな時間、早く夕食作らなきゃ。

ようやくムカムカが治まりトイレから解放される。つわりでトイレに拘束されるとあっという間に時間が経ってしまう。

「すみません、お待たせしました」

ふぅと息をつきながらリビングへ行くと、聖一さんが神妙な面持ちでソファーに座っていた。

「真希、話があるんだ」

話……？　なんだろう？

いい話なのか悪い話なのかまったく見当もつかない。胸をドキつかせながら聖一さんの横へ腰を下ろす。

「アメリカ行きの件だが……安定期に入るまで延期しようと思っている」

突然、思いも寄らないことを切り出され、私は大きく目を見開いて絶句した。そして真っ先に自分のせいだという思いに襲われ、私は膝の上でギュッと拳を握りしめた。

すると、彼が今にも泣きそうな私の肩を抱き寄せ、宥めるようにこめかみにキスをした。

「真希の身体はまだ不安定だ。無理して流産でもしたら大変だろう。大事な時期だからこそ負担をかけたくない」

「でも……」

「心配するな、すでに向こうの病院の上司に話はついてるんだ。家族が第一だって、そう言ってくれた。いつでも俺が戻ってくるのを待っているとも、ね」

私を捜し出すため、聖一さんに一時帰国を許可してくれたり、彼の上司は本当に家族思いの情の深い人のようだ。

「それに早く真希に渡したいと思って用意していたものがあるんだ」

渡したいもの？

いつの間にかローテーブルに置かれた小さな赤い箱、それを聖一さんから手渡される。

「これは……」

「いいから開けてみてくれ」

箱の中央でクロスしたリボンをほどく、そして壊れ物を扱うかのようにそっと開けてみると、白銀に輝く指輪が覗いて私は短く息をのんだ。

すごく綺麗……でも。

仕事中に何度も包丁で指を切ったり、カサカサに乾燥した自分の手には到底似合わない。嬉しいはずなのに、幸せすぎるとなぜか不安な気持ちが生まれる。

いろんな考えを巡らせて指輪を見つめていたら、聖一さんがそれを箱から取り出し
「左手、かして」

私の手をすくった。

「安定期に入ったら今度こそアメリカに一緒に行こう。でもその前にいい加減〝相良真希〟になってもらう。こらえ性のない男だって笑われるかもしれないが、どうしても真希を手に入れたっていう実感が欲しいんだ。だから明日にでも婚姻届を出しに行こう」

「聖一さん……」

「はい。よろしくお願いします」そう言ったつもりなのに声にならなくて、代わりにコクコクと何度も頷いた。すると彼はすくった私の手に優しく唇を落とし、左薬指に指輪をスッとはめた。するとその輝きが指から手、そして腕に広がりさらには私の身体ごと包み込まれるような感覚になる。傷だらけの私の指には似合わない。そんな卑屈な考えも一気に吹き飛ばされて、指輪はすぐに私の指に馴染んだ。

「聖一さん、私……幸せすぎて怖い」

つい本音がポロリとこぼれると、彼は私をギュッと引き寄せた。

「真希、愛してる。ずっと俺の隣で笑っていてくれ」

「はい」

何度か私の頬をなで、その手が私の顎をとらえると優しく口づけた。

「ん……っ」

きつく吸い上げられはするものの痛みはなく、むしろ甘さの残る加減でまるで催眠術にかかったかのようにぼーっとうっとりしてしまう。

「聖一さん、あの夕食の準備が――」

ハッと我に返り、夕食のことを思い出す。でも聖一さんは私を抱く腕を緩めない。

「俺は夕食よりも真希が欲しい……愛してる」

濡れた唇を甘噛みされて、熱い吐息の交ざった声で囁かれるとジンと無意識に身体の奥が疼きを覚える。そんな恥ずかしい反応に気づいたのか、聖一さんが唇を離してニコリとした。

「このままいいか？　身体の負担になるようなことはしないから」

私も聖一さんの温もりを感じたい。だから迷うことなくコクッと小さく頷いた――。

「あ、んっ」

　互いに服を脱がせ合い、バスルームへとキスをしながらもつれ込む。勢いよくコックをひねると、ざあざあとまだ生ぬるい水が頭から降り注ぐ。まるで大雨に打たれているようだ。少し冷たいと感じる湯が温かくなるのを待っても一向に温度が変わらないような気がする。次第に浴室には湯気が立ち込め、自分の肌がひどく火照っていることに気づく。

「真希、こっち向けって、舌、出して」

　合わせた唇の間から唾液がこぼれる。呼吸がのまれて苦しいくらいだ。

「あ、ん……」

　シャワールームの床を打つ音が、幸いにもくぐもった声や淫猥な水音をかき消してくれるおかげで、まだ羞恥には耐えられた。

「せ、聖一さん……くすぐったい」

　耳の裏から膝の裏まで余すところなくなで回される。敏感な部分に触れられると爪先で何度も床をかきながら妙な声が出そうになった。

　聖一さんは、「全然足りない」と私の肌の火照りが移ったかのような熱いため息をついて私の身体に彼の熱を這わせた。大きく息を吸い込めば、私と同じシャンプーの匂いがする。そして彼の逞しい肩口に頬ずりすると濡れた後ろ髪を指で梳かれた。

「気持ちよさそうだな……」

耳に囁かれる声は蜜のように甘い。それだけで胸が震え、私は頷くだけで精いっぱいだった。たぶん、私は目元を赤くして今にも蕩けそうな顔をしているに違いない。鏡を見なくてもわかる。

「愛してるよ、真希」

「私もです」

なかなか呼吸の整わない背中を聖一さんが優しくさする。そのあやすような仕草にとろりと瞼が重くなってきた。

きっと聖一さんはこれ以上進めないもどかしさに、物足りなさを感じているだろう。私の身体を気遣って、そろそろバスルームを出ようと言うはずだ。

「ごめんなさい」

「ん？」

「その、やっぱり……裸で抱き合うだけじゃ……」

たどたどしくつぶやく私の頬を聖一さんが両手で包む。そしてこつんと互いの額がぶつかり目元が陰るほどの近距離から見つめられた。

「最後までしないからセックスじゃないというのは安易だな、俺と真希はプラトニックなところまでつながってるんだ」

「プラトニック……」

ピンとこないような私の表情がおかしかったのか、聖一さんは小さく笑ってかすめるようなキスをした。

バスルームを出ると、もうこれから夕食の準備をする体力もなくて、とにかくベッドに横になりたかった。互いにまだ裸のままだけど、寄り添って私の肩を抱く聖一さんの身体は温かくてずっと包み込まれていたくなる。

「真希、親父のこと……最後まで信じてくれてありがとう。母親が亡くなった裏で、親父がずっと苦しんでいたこと、俺は気づいてやれなかった」

長年、聖一さんとお父様の間には隔たりがあった。その壁が突然崩れ、彼も戸惑っているのだろう。

「お父様もきっと話せてよかったと思いますよ、少しでも過去の苦しみが消えてくればいいんですけど」

「まぁ、あれでも結構タフな親父だからな、大丈夫だろ」

顔を見合わせれば互いに自然と笑みがこぼれ、聖一さんが私の肩を引き寄せる。

「俺にとって真希はこの世でたったひとつの〝たからもの〟なんだ。一生をかけて大切にすると誓うよ。お腹の子どもも」

「はい」

〝だからもの〟だなんて、改めて言われるとなんだかこそばゆい。

「私だって守られてばかりじゃありませんよ、愛する人のそばで支え続けていきたい気持ちは私も同じです。聖一さんは私のすべてですから」

すると、聖一さんが一瞬照れたように顔を赤らめ、うっかりにやけそうになったのか口元を手で押さえた。

「馬鹿、いきなりそういう恥ずかしいこと言うなよ」

「恥ずかしいことって、どうしてですか？　あれ？　聖一さん、顔赤くないで――」

「うるさい」

私の言葉を遮るように聖一さんが唇を塞いだ。

「んんっ」

呼吸さえものまれる。そして宙をかきながら行き場を失った手を彼が掴んで指を絡めてきた。

「聖一さん、私の密かな夢を聞いてくれます？」

「なんだ？」

「その……」

勢いでそう言ったものの、いざ本人を目の前にしたら急に気恥ずかしさがこみ上げてきて口ごもる。

夢が叶う日がやってくるなんてあるんだろうかとずっと思っていた。でも、彼が私の夢を叶えてくれるんだと思うと自然と頬が緩む。

「そこまで言いかけてるなら教えてくれたっていいだろう？　ほら」

もったいぶる私のお腹を優しくくすぐって聖一さんが催促してくる。

「あはは、くすぐったい！　わかりました！　降参します」

私の愛情がたっぷり詰まった手料理を前に、聖一さんが頬を綻ばせて嬉しそうに笑っている姿が目に浮かぶ。

――大好きな人と幸せな家庭を築き、毎日手料理を作ってあげること。

ぬくぬくと温かい彼の腕の中、あり余る愛をぶつけられる幸福に身をよじらせて私は彼の耳元でそう囁いた。

エピローグ

「三年ぶりか、真希、疲れただろ？」

ようやく長距離フライトから解放され、聖一さんが両手を天に突き上げて、うーん、と背伸びをする。

「いえ、思いのほかゆっくり機内で眠れました。陽菜もおとなしくしてくれてたし、ね？」

「うん、パパもママもつかれてるから、ひな、おりこうにしてたの」

二つに結んだ髪の毛をツンとさせ、聖一さんによく似た綺麗な瞳をクリクリさせながら私たちを見上げているのは娘の陽菜だ。

三年前、安定期に入ると私は〝相良真希〟としてアメリカへ旅立った。異国でのマタニティーライフは多少の不安はあったものの、聖一さんの心強いサポートのおかげで元気な女の子を出産することができた。むしろ大変だったのは子どもが生まれてからで、右も左もわからない土地で言葉の壁や文化の違いに戸惑い、時には泣きそうになりながらもなんとか育児をやってきた。それでも幸せに感じることのほうが多くて、中でも家族ができたという唯一の喜びが心の支えになった。やはり母は強しだ。そして、あっという間に聖一さんの赴任期間が終わり、陽菜を連れて今日帰国してきた。

聖一さんも、三年前に比べてもともとの精悍な顔立ちに深みが増した気がする。

「お父様、まだいらしてないみたいですね」

混雑する到着ロビーに視線を巡らし、きょろきょろと見回す。

「迎えなんていいって言ったんだが……どうしても早く陽菜に会いたいって聞かなくてさ、車で来るって言っていたからきっと道が混んでるんだろ」

お父様とは到着ロビーで待ち合わせになっていた。けれど、それらしき人物はまだ見あたらない。

聖一さんのお父様に陽菜が生まれたことを報告すると『初めて孫ができた』と泣いて喜んでいたらしい。もちろん私の両親も祝福してくれた。

すぐにでも孫を抱いてほしかったけれど、生まれたばかりの赤ちゃんを連れての長距離フライトはあまり現実的とはいえず、聖一さんも首を縦に振ってはくれなかった。

「結局、赴任期間が終わってからになってしまって……なんだか申し訳ないです。うちの両親もお父様にはかなりお世話になったのに、直接まだお礼も言えてませんし」

私がアメリカへ発った一年後、父の容体が安定したことをきっかけに母が望んでいた在宅での介護が実現した。

父と一緒に暮らせるという嬉しさの反面、思いのほか準備が大変で、そんなとき、聖一さんのお父様が色々と相談に乗ってくれて助けてくれたらしい。しかも父の自宅訪問診療医になることまで承諾してくれて、私が海外から心配しなくていいように気を使ってくれた。遠く離れた場所から心配ばかり募る私にとってお父様の存在は心強かった。

「改めてお父様にはお礼を言わないと」

「もう真希の家族とは身内なんだ、それぐらい当たり前だ。それに帰国したら今度は父に代わって俺が親父さんの訪問診療医になる予定だ」

「え？　でも……」

おそらく聖一さんは帰国したらすぐに相良病院へ入職して忙しい毎日が待っている。

父のことまでお世話になるなんて、そう思っていると顔に出ていたのか彼がやんわり笑って私の頭に手を置いた。

「心配するな、俺がそうしたいんだ。それにお礼を言わなきゃならないのは俺のほうだ」

急にじっと熱く見つめられ、なんだか照れくさくなってつい視線を逸らしそうになる。

「真希がいてくれたおかげで親父とのわだかまりも解けたし、親父も医者としてもう一度立ち上がることができたんだ」

お父様は大病院を運営する院長として、また病と闘う患者に寄り添うためにもう一度臨床医として復帰したという。

「聖一さん……」

彼が私の手をギュッと握り距離を縮めたそのとき。

「コホン、君たち、そういうことは家に帰ってからにしなさい」

不意に横から声をかけられびくりと肩を跳ねさせる。見ると、そこにいたのはすでに陽菜の姿を見てメロメロになっている聖一さんのお父様の姿だった。

「遅れてすまなかったな、高速が渋滞していたんだ。けど、三年ぶりに息子たちに会えると思うと渋滞も苦じゃなかったよ」

あっはっは、と呑気に笑うお父様は、心なしか性格が丸くなったような気がする。アメリカで生活をしていたときも、色々と陽菜の洋服やらおもちゃやらたくさん送ってくれた。

「陽菜、おじい様よ、ご挨拶して」

「さがらひなです。はじめまして」

はにかみながら陽菜がペコリと頭を下げると、お父様はこれでもかというくらいに目尻を下げて破顔した。

「さ、じぃじのところへおいで、だっこさせてくれ、この日がくるのをどんなに待ち望んでいたことか」

かがみ込んで両手を広げるお父様のもとへ走る陽菜の小さな背中を見つめると、自然と笑みがこぼれる。

「聖一さん、今、私すごく幸せです」

そう言って見上げると、我が子に向けていた優しい眼差しをゆっくり私に移した。

「その幸せが永遠のものになるように、真希も陽菜も俺が守るから」

「はい」

聖一さんがそっと私の手を取って優しい眼差しで微笑む。

「今夜はゆっくりふたりだけの時間を過ごそうな。真希、ずっと愛してるよ」

そして大事なものを懐深くにしまい込むように、私の頭を胸にかき抱いた。

END

特別書き下ろし番外編

大切なもの

アメリカから帰国して半年が過ぎた。

「ママー、ごちそうさまでした！」

「もう食べたの？　陽菜は本当にオムライスが好きね」

アメリカで出産した陽菜は今年で四才になる。帰国してきたばかりの頃は、アメリカに住んでいたとき近所にあった公園がない、好きなお菓子がない、と日本との違いに不満げにしていたけれど、聖一さんが忙しい合間を縫って陽菜と一緒にいる時間をつくってくれて、だんだんと日本での生活に馴染んできた。

おかげで陽菜は本当にパパっ子でべったりだ。聖一さんはというと甘えられるたびに眉尻を下げて、嬉しそうな顔をする。

そんな私たち家族は日本で過ごす初めての夏を迎えようとしていた。

「ただいま」

「あ！　パパかえってきた！」

聖一さんは今、相良総合病院の次期院長兼、脳神経外科医として多忙な日々を送っている。私はそんな彼を支えるため、そして育児のため、現在は休職中だ。

「陽菜、今日もお利口さんだったか？　ちゃんと残さずご飯食べた？」

「うん、たべたよ！　ママがつくってくれたブタさんオムライス！」

どういう訳か、初めて陽菜にケチャップで〝クマさん〟を描いてオムライスを作ったとき、聖一さん同様、開口一番『ブタさんだ！』と言った。

親子って感性も似るのかなぁ……。

「も〜、あれはブタさんじゃなくて――」

「クマさん、だろ？」

「ぷっ、あはは」

あ、確か前も同じような会話をしたことがあったよね？

そう思ったらおかしくて噴き出すと、聖一さんも思い出したようで微笑んだ。それにつられて陽菜もキャッキャッと笑いだす。

私たちはいつも笑いに包まれて幸せな毎日を送っている。まさに絵に描いたような理想の家庭だ。

「今日の幼稚園、楽しかったか？」

上着をソファーの背もたれにかけ、ゆっくり腰掛けると陽菜が聖一さんの膝の上に座る。彼はいつも陽菜に笑顔を向けて、どんなに疲れていても彼女との時間を大切にしてくれる。そして毎晩、今日あった出来事を尋ねる。自分で考え自分で話すという聖一さんなりの幼児教育らしい。

「うん、たのしかった。るなちゃんがね、おまつりにいくんだって。いっしょにいこうっていわれたけど……ひなはいかない」

そういえば先日ポストにお祭りのチラシが入っていた。今週末、近所の公園で夏祭りが開催されるようだ。

以前、おもちゃメーカーによるイベントに陽菜を連れていったとき、人疲れしてグズるのではないかと心配したけれど彼女は終始大はしゃぎだった。だからこういう賑やかなところが好きなんだと思った。〝お祭り〟なんて言ったらそれこそ大興奮するはずなのに、少し浮かない顔をして陽菜は「いかない」とポツリとつぶやいた。

「まいにちパパ、おしごといそがしいから」

陽菜……。

四歳児なりに気を遣ってるんだ。聖一さんは何件も難しいオペが入っていた日は、全神経を集中しきったと言わんばかりに疲労を顔に滲ませて帰ってくる。

最近、忙しさに拍車がかかったように毎日オペ続きで、少しゆっくりさせてあげたいと思っていた。私がいつも口癖のように「ちゃんと休んでくださいね」と言うものだから、陽菜もそういう私の気持ちを察しているのかもしれない。

今週の金曜日もオペが入ってた気がする。その翌日にお祭りなんて、きっと気が休まらないだろう。

私が連れて行くこともできるけれど、陽菜は聖一さんと私と一緒に行きたがって駄々をこねるだろう。お祭りに連れていってあげたい気持ちと聖一さんにゆっくりしてもらいたい気持ちが交錯していると、彼がスッと立ち上がってスマホを取り出した。

自分のスケジュールを確認しているようで、しばらくすると顔を上げた。

「今週末か、うーん、まぁ、なんとかなりそうだな」

「聖一さん？」

「行くか、お祭りに」

スマホを閉じてニコリとする聖一さんに私が目を丸くする。「やっぱり無理だな」と言うかと思っていたのに、意外な答えが返ってきて思わず声が出た。

「いいんですか？　本当に？」

両手をテーブルについて私は前のめりになる。

「なんだ、陽菜より楽しみにしていたのは真希のほうみたいだな」

そう言われてハッとする。ここ最近、聖一さんと出かけていないし、一緒にお祭りに行けるなんて嬉しい。陽菜も両手を上げて喜んでいるけれど、私もそれ以上に胸が弾んでいた。

「家族でお出かけするの久しぶりですから、嬉しいです。ありがとうございます。陽菜よかったね、楽しみだね」

「うん！」

陽菜が寝静まった深夜、シャワーから出てリビングへ行くと、聖一さんが手に取ったお祭りのチラシに目を落としていた。

「聖一さん、週末あまり無理しないでくださいね」

「ああ、大丈夫だ。会議が夕方にあるくらいであまり長引かないだろうから、それにしても……」

聖一さんがチラシをテーブルに置いて、寄り添うように横に立つ私の肩を抱いた。

「きっと俺も無意識に疲れた顔を見せていたんだろう、あんな四歳児でも大人顔負けの気遣いだな。そういうところ、真希にそっくりだ」

そう言って聖一さんが私の唇にかすめるようなキスをする。なんだか急に照れくさくなって私は火照りだす顔を思わず伏せた。

夏祭り当日。

今日は夕方になってもなかなか気温が下がらず、せっかくこの日のために新調した浴衣（ゆかた）がもうすでに汗ばみそうだ。

「真希も陽菜もすごく浴衣姿が似合ってる」

私は大きなアジサイ柄の入った藍染（あいぞ）めの浴衣で、陽菜は白地にピンクの蝶柄（ちょうがら）の浴衣だ。よっぽど気に入ったようで反物屋さんに行ったら、彼女は迷いもせずこれがいいと指を差した。

「聖一さんの浴衣姿も素敵です。初めて見ました」

甚平はどうかと勧めたけれど、「甚平は若者向きだろう」と首を傾げて、シックな紺色の浴衣を選んだ。白衣姿もいいけれど、浴衣を着こなす彼はいつも以上に落ち着いた雰囲気を漂わせて「男の色気」「貫禄」「普段とのギャップ」と魅力倍増だ。

お祭りの会場はすでに人でごった返していて、暑さを煽（あお）るような熱気だった。入り口付近にはテントが張ってあり、救護室や迷子センターが設けられている。

「みて！　おおきなゾウさん！」

迷子の気を紛らわすためか、陽菜が指を差す先に大きなゾウのぬいぐるみが置いてあった。陽菜はぬいぐるみが大好きだから興味津々に見ている。

「陽菜、ちゃんと手をつないでるんだぞ」

「はーい」

どこからともなく匂ってくる香ばしい焼きトウモロコシや焼きそば、漂う甘い香りの綿あめなど、目白押しの屋台にキョロキョロしてしまう。

「陽菜、なにか食べる？」

陽菜は私に似て食いしん坊だから、すでになにを食べようか迷っているに違いない。

目を爛々と輝かせている姿がなんとも微笑ましい。

「やきそばがたべたい！」

焼きそばは陽菜の好物で、一週間に一度は食べたがる。お祭りの焼きそばを食べるのは初めてだから、きっと美味しいと言って喜ぶに違いない。それに、どんなに工夫して作っても、屋台の焼きそばに勝る焼きそばはないような気がする。もしかして、味のセンスは私に似てるかも？

お祭りが行われている公園は公立で、お祭りの規模と併せてかなり大きい。お祭りの最後のほうでは打ち上げ花火があがるようだ。

「やっぱり日本の夏のほうがいいですね」

アメリカにも夏フェスのようなイベントはあったけれど、夕暮れ時の虫の音や涼しさを感じるような風鈴の音色など、日本の風情や情緒のほうが好きだ。

「ああ、俺もそう思う」

陽菜のリクエストに応えて焼きそばを買ってきてくれた聖一さんにお礼を言うと、それを美味しそうに食べる娘に目を細めながら優しい眼差しを向けた。

人の親となった聖一さんの見せる柔和な温かい表情が時々私をドキッとさせる。医者として命を救い、男として家族を守る彼に頼もしさとかっこよさを感じずにはいられない。

「ごちそうさま！」

陽菜の元気な声にハッとして我に返る。今でも独身のときと同じように聖一さんに恋をしているなんて知られたらなんとなく気恥ずかしい。

「陽菜、ゴミを捨ててくるから貸してごらん」

「パパ、ありがとう」

ここで待っているように言われて、改めて人の多さに息をつく。聖一さんは背が高いから見失ってもすぐにわかる。でも、もし陽菜がこの人だかりに紛れたら……と想像するとゾッとした。そのとき、ポーチの中からスマホにメッセージの入る音がした。

あ、義さんからだ。

仕事を辞めてからも義さんとは連絡を取り合っていて、メッセージの内容を確認したら、【落ち着いたらメルディーに戻ってきてほしい】と入っていた。

戻ってきてほしいと言ってくれるのは嬉しいし、いずれ仕事のことも考えなくては、と思ってるけれど、今はまだそのタイミングではない気がする。あれこれ考え、とりあえずそう言ってくれたことにお礼のメッセージを送った。

「お待たせ。真希、陽菜は？」

「えっ⁉」

ずっとスマホに視線を落としていたから、急に降ってきた聖一さんの声に驚いて肩が跳ねる。そしてつい今しがた横で座っていた陽菜の姿がないことに気づく。

あれ？　今までここにいたのに……嘘でしょ。

義さんからメッセージがきてその返信をしているほんの数分、スマホに気を取られていた。聖一さんは私が手にしていたスマホを見て、陽菜がいなくなった経緯を察したようだった。

「ご、ごめんなさい！　私――」

あぁ、なんて馬鹿な親なんだろう。小さな子どもでもほんの数分、目を離したら迷子になってしまうというのに。情けなくて一気に目頭が熱くなる。完全に油断した。

どうしよう！

サッと血の気が引いて取り乱しかけた私に、聖一さんは叱るでもなく肩にそっと手をのせた。

「真希、しっかりするんだ。まだそう遠くへは行っていないはずだから」

「はい……」

指先で滲んだ涙を拭って席を立つ。きっと今頃自分が迷子になったとわかって泣いているかもしれない。陽菜の泣き声がしないか耳を澄ますけれど、聞こえてくるのはお祭りの雑踏だけだ。

「どうしてそう遠くへ行っていないってわかるんですか？」

「さっき焼きそばを食べていただろう？　かなりお腹いっぱいになったはずだ。陽菜のことだから、そろそろ眠たくなって歩かずにどこかでしゃがみ込んでいるような気がするんだ」

なるほど、そう考えると闇雲に休憩所から離れたところを捜すより、近辺を捜したほうが見つかるかもしれない。

陽菜が私の前からいなくなるなんて考えられない。一秒でも早く捜し出して抱きしめてあげたいのに……。

唇を噛みしめると、聖一さんが指先の冷たくなった私の手をスッと包み込む。そして自分の熱を与えるように、彼は何度も私の手を握り直した。

「大丈夫だ」

聖一さんはどんなときでも手を差し伸べて、どん底から明るい方向へ導いてくれる。彼がそう言うと本当に大丈夫な気がしてくるから不思議だ。

陽菜、どこ行っちゃったの？

しばらく捜してみたけれど、やっぱりどこにもいない。額に滲む汗を忙しなくタオルで拭う。

何度か場内アナウンスが流れていたような気がしたけれど、お祭りの喧騒に紛れてまったく聞こえなかった。気持ちばかりが焦る。

「真希、こういうときこそ冷静にならないとだめだ」

「はい」

焦りは禁物、冷静な判断を見誤るから。落ちついて、なにか気が紛れることを考えよう。

私も小さい頃、陽菜のように好奇心旺盛で目につく珍しいものすべてに飛びつく癖があった。そのたびに「迷子になったらどうするの！」と親に叱られた。

迷子になっているところを親に見つけられて怒られたこともあったけれど……。

私、迷子になったとき、最終的にどんなところにいたんだっけ？

「あっ！」

頭の中のモヤモヤがパチンと弾ける。つい大きな声を出してしまい、聖一さんがびっくりして目を瞬かせて私を見た。

「あぁ、なんで気づかなかったんだろ、気が動転して思いつかなかった。陽菜、もしかしたらあそこにいるかもしれません」

私の勘があたっていれば、陽菜は絶対そこにいるはず……。


「陽菜！」

逸る気持ちを抑えつつ、私と聖一さんが向かった先は〝迷子センター〟だった。自分が迷子になったときのことをあれこれ思い出しているうちに、迷子センターにあった大きなゾウのぬいぐるみが頭をよぎった。

やっぱりここにいた……。

私の予感は的中で、陽菜に駆け寄ろうとしたら聖一さんに制される。

「待って、せっかく寝ているんだから起こさないようにしよう」

ゾウのぬいぐるみを抱っこするような格好でスヤスヤと寝ている陽菜を見て、身体が溶けていくような安堵感に見舞われた。

「あ、陽菜ちゃんの親御さんですか?」

私は係員の人に平謝りをして話を聞くと、パトロール中にしゃがみ込んでいる陽菜を見つけたのだという。陽菜は、ゾウのぬいぐるみに会いに行く途中で迷子になったと言っていたらしい。

寂しくてわんわん泣く子がいる中、陽菜はぬいぐるみでひとしきり遊んだ後、寝入ってしまったようだ。

な、なんという神経の図太さ……。

「こりゃ親離れも早そうだな」

聖一さんは陽菜を抱き上げ腕の中で眠る彼女の頭をそっとなでると、ほんの少し切なげに笑った。

「でもどうして陽菜が迷子センターにいるってわかったんだ?」

迷子センターを後にして、ひとまず落ち着ける場所へ移動する。

「ここの公園に来たとき、一番最初に陽菜が興味を持ったのがあのゾウのぬいぐるみだったんです」

「あの迷子センターにあったでかいぬいぐるみか？」

「はい、私も小さい頃、興味の引かれるものにつられて気がついたら迷子になっていたことがあって……」

よく迷子センターにはお世話になった。まさか、自分の娘まで同じことになるなんて。思わず苦笑いがこぼれてしまう。

「親の勘ってやつかな、人が大勢いようと俺も必ず見つけ出す自信はあったぞ」

ちょうど空いているベンチを見つけて腰を下ろす。

「こんな人が多いところで？」

網目を縫って歩くような人だかりの中からどうやって？と目をぱちぱちさせると、聖一さんが眠る陽菜を膝に抱え、私の肩を抱き寄せた。

「大切なものは失くしても、必ず見つけ出す。真希のことだって捜し出しただろう？」

聖一さんと別れようと思って、彼の前から姿を消したことがあったけれど、聖一さんは私を見つけてくれた。だからいつもつなぎ止めてくれるその手をもう二度と離さないと私は誓った。

「私、つくづく聖一さんの奥さんになれてよかったと思います」

意表を突いた私の返事に聖一さんが少し驚いた顔をして私を見た。

「ああ、俺も今すごく幸せなんだ。大切な存在に囲まれて、仕事に集中できるのも真希と陽菜がいるおかげだ」

「聖一さん……」

ここが外で人の目がなければすぐにでもキスがしたい。そう思っていたら、突然ドン！という大きな音がした。

「わ、びっくりした。花火が始まったみたいですね」

見上げると打ち上げられた花火が色とりどりに夜空を飾り始めていた。花火の音で陽菜が驚いて起きてしまうのではないかとヒヤヒヤしたけれど、彼女は聖一さんの腕の中で安心しきったように寝ている。

「きっと陽菜は逞しい子に育つな」

「ふふ、私もそう思います」

聖一さんに視線を向けて微笑むと、彼は私の額にそっとキスをした。

「真希のことも、陽菜のことも全部愛してるよ」

END

あとがき

こんにちは、夢野美紗です。初めましての方も、このたびは『怜悧な外科医の愛は、激甘につき。～でも私、あなたにフラれましたよね？～』をお手に取っていただき、ありがとうございます。ベリーズ文庫では約三年ぶりです！

今回は私自身初めての医者ものの執筆で大きなチャレンジでした。ずっと医療系のお話を書きたいと思っていたのですが、なかなか資料集めが大変でうまくまとまらなくて大変でしたが、今回このような形で書籍化していただき嬉しい限りです。

再会からの恋愛ストーリーで王道ですが、真希と相良の想いがどう展開していくのか楽しんでいただけたら幸いです。

読了いただいた方、このお話で好きなキャラはいましたか？　私は個人的に友梨佳先生が好きです。

このお話が発刊される頃がちょうど夏なので、番外編もそれに併せて夏祭りで家族仲睦まじい様子を執筆しました。その後の真希と相良が楽しめます。

末尾になりますが、素敵なイラストを手がけてくださった浅島ヨシユキ先生。表紙を華やかに仕上げてくださり感謝いたします。

稚作をよりよい作品にするため、尽力してくださった担当様。いろいろと力不足でご迷惑をおかけしながらの作業でした。これに懲りずに次回も機会があればぜひよろしくお願いいたします。

最後に、この本をお手に取ってくださった読者様。ここまでお付き合いいただきありがとうございました。改めて深くお礼申し上げます。充実した読書時間になれば幸いです。ご感想などがありましたら、今後の参考にさせていただきますので、ぜひぜひ聞かせてください！

それではまた別の作品でお会いできることを祈りつつ。

夢野美紗

夢野美紗先生への
ファンレターのあて先

〒104-0031
東京都中央区京橋 1-3-1
八重洲口大栄ビル 7F
スターツ出版株式会社　書籍編集部　気付

夢野美紗先生

本書へのご意見をお聞かせください

お買い上げいただき、ありがとうございます。
今後の編集の参考にさせていただきますので、
アンケートにお答えいただければ幸いです。

下記 URL または二次元コードから
アンケートページへお入りください。
https://www.ozmall.co.jp/enquete/IndexTalkappi.aspx?id=2301

怜悧な外科医の愛は、激甘につき。
～でも私、あなたにフラれましたよね？～

2024年7月10日　初版第1刷発行

著　者　夢野美紗

発行人　菊地修一
デザイン　hive & co.,ltd.
校　正　株式会社文字工房燦光
発行所　スターツ出版株式会社
〒104-0031
東京都中央区京橋1-3-1　八重洲口大栄ビル7F
TEL　03-6202-0386（出版マーケティンググループ）
TEL　050-5538-5679（書店様向けご注文専用ダイヤル）
URL　https://starts-pub.jp/
印刷所　大日本印刷株式会社

Printed in Japan

乱丁・落丁などの不良品はお取替えいたします。
上記出版マーケティンググループまでお問い合わせください。
定価はカバーに記載されています。

ISBN 978-4-8137-1610-5　C0193

ベリーズ文庫 2024年7月発売

『失恋婚!? ～エリート外交官はいつわりの妻を離さない～』佐倉伊織・著

都心から離れたオーベルジュで働く一華。そこで客として出会った外交官・神木から3ヶ月限定の"妻役"を依頼される。ある政治家令嬢との交際を断るためだと言う神木。彼に惹かれていた一華は失恋に落ち込みつつも引き受ける。夫婦を装い一緒に暮らし始めると、甘く守られる日々に想いは膨らむばかり。一方、神木も密かに独占欲を募らせ溺愛が加速して…!?

ISBN 978-4-8137-1604-4／定価781円（本体710円＋税10%）

『不本意ですが、天才パイロットから求婚されています～お見合いしたら容赦ない溺愛に包まれました～【極甘婚シリーズ】』田崎くるみ・著

呉服屋の令嬢・桜花はある日若き敏腕パイロット・大翔とのお見合いに連れて来られる。断る気満々の桜花だったが初対面のはずの大翔に「とことん愛するから、覚悟して」と予想外の溺愛宣言をされて!?　口説きMAXで迫る大翔に桜花は翻弄されっぱなしで…。一途な猛攻愛が止まらない【極甘婚シリーズ】第三弾♡

ISBN 978-4-8137-1605-1／定価781円（本体710円＋税10%）

『バツイチですが、クールな御曹司に熱情愛で満たされてます!?』高田ちさき・著

夫の浮気によってバツイチとなったOLの伊都。恋愛はこりごりと思っていたある日、高級ホテルで働く恭弥と出会う。元夫のしつこい誘いに困っていることを知られると、彼から急に交際を申し込まれて!?　実は恭弥の正体は御曹司。彼の偽装恋人となったはずが「俺は君を離さない」と溺愛を貫かれ…！

ISBN 978-4-8137-1606-8／定価781円（本体710円＋税10%）

『愛に目覚めた凄腕ドクターは、契約婚では終わらせない』緒莉・著

小児看護師の佳菜は病気の祖父に手術をするよう説得するため、ひょんなことから天才心臓外科医・和樹と偽装夫婦となることに。愛なき関係のはずだったが――「まるごと全部、君が欲しい」と和樹の独占欲が限界突破！　とある過去から冷え切った佳菜の心も彼の溢れるほどの愛にいつしか甘く溶かされていき…。

ISBN 978-4-8137-1607-5／定価770円（本体700円＋税10%）

『契約結婚、またの名を執愛～身も心も愛し尽くされました～』山野辺りり・著

OLの希実が会社の倉庫に行くと、御曹司で本部長の修吾が女性社員に迫られる修羅場を目撃！　気付いた修吾から、女性避けのためにと3年間の契約結婚を打診されて!?　戸惑うも、母が推し進める望まない見合いを断るため希実はこれを承諾。それは割り切った関係だったのに、修吾の瞳にはなぜか炎が揺らめき…！

ISBN 978-4-8137-1608-2／定価781円（本体710円＋税10%）

ベリーズ文庫 2024年7月発売

『離婚まで30日、冷徹御曹司は昂る愛を解き放つ』 木下杏（きのしたあんず）・著

ＯＬの果菜は恋愛に消極的。見かねた母からお見合いを強行されそうになり困っていた頃、取引先の御曹司・遼から離婚ありきの契約結婚を持ち掛けられ…!?　いざ夫婦となるとお互いの魅力に気づき始めるふたり。約束1年の期限が近づく頃──「君のすべてが欲しい」とクールな遼の溺愛が溢れ出して…!?

ISBN 978-4-8137-1609-9／定価781円（本体710円＋税10%）

『怜悧な外科医の愛は、激甘につき。～でも私、あなたにフラれましたよね?～』 夢野美紗（ゆめのみさ）・著

高校生だった真希は家族で営む定食屋の常連客で医学生の聖一に告白するも、振られてしまう。それから十年後、道で倒れて運ばれた先の病院で医師になった聖一と再会！　そしてとある事情から彼の偽装恋人になることに!?　真希はくすぶる想いに必死で蓋をするも、聖一はまっすぐな瞳で真希を見つめてきて…。

ISBN 978-4-8137-1610-5／定価781円（本体710円＋税10%）

ベリーズ文庫 2024年8月発売予定

Now Printing

『メガネを外すと彼は魔王に豹変する【極上双子の溺愛シリーズ】』滝井（たきい）みらん・著

日本トップの総合商社で専務秘書をしている真理。ある日、紳士的で女子社員に人気な副社長・悠の魔王のように冷たい本性を目撃してしまう。それをきっかけに、彼は3年間の契約結婚を提案してきて…!? 利害が一致した愛なき夫婦のはずなのに、「もう俺のものにする」と悠の溺愛猛攻は加速するばかりで…！

ISBN 978-4-8137-1617-4／予価748円（本体680円＋税10%）

Now Printing

『名ばかりの妻ですが、無愛想なドクターに愛されているようです。』雪野宮（ゆきのみや）みぞれ・著

シングルマザーの元で育った雛未は、実の父がとある大病院のVIPルームにいると知り、会いに行くも関係者でないからと門前払いされてしまう。するとそこで冷徹な脳外科医・祐飛に出くわす。ひょんなことから二人はそのまま「形」だけの結婚をすることに！ ところが祐飛の視線は甘い熱を帯びてゆき…！

ISBN 978-4-8137-1618-1／予価748円（本体680円＋税10%）

Now Printing

『御曹司×社長令嬢×お見合い結婚』惣領莉沙（そうりょうりさ）・著

憧れの企業に内定をもらった令嬢の美汐。しかし父に「就職するなら政略結婚しろ」と言われ御曹司・柊とお見合いをすることに。中途半端な気持ちで嫁いではダメだ、と断ろうとしたら柊は打算的な結婚を提案してきて…!? 「もう、我慢しない」――愛なき関係なのに彼の予想外に甘い溺愛に囲われて…！

ISBN 978-4-8137-1619-8／予価748円（本体680円＋税10%）

Now Printing

『三か月限定!? 空飛ぶ消防士の雇われ妻になりました』一ノ瀬千景（いちのせちかげ）・著

ホテルで働く美月は、ある日火事に巻き込まれたところを大企業の御曹司で消防士の晴馬に助けられる。実は彼とは小学生ぶりの再会。助けてもらったお礼をしようと食事に誘うと「俺の妻になってくれないか」とまさかの提案をされて!? あの頃よりも逞しくスマートな晴馬に美月の胸は高鳴るばかりで…。

ISBN 978-4-8137-1620-4／予価748円（本体680円＋税10%）

Now Printing

『敏腕パイロットは最愛妻を逃がさない～別れたのに子どもごと溺愛されています～』黒乃梓（くろのあずさ）・著

シングルマザーの可南子は、ある日かつての恋人である凄腕パイロット・綾人と再会する。3年前訳あって突然別れを告げた可南子だったが、直後に妊娠が発覚し、ひとりで息子を産み育てていた。離れていた間も一途な恋情を抱えていた綾人。「今も愛している」と底なしの溺愛を可南子に刻み込んでいき…!?

ISBN 978-4-8137-1621-1／予価748円（本体680円＋税10%）

タイトル、価格等は変更になることがございますのでご了承ください。

ベリーズ文庫 2024年8月発売予定

Now Printing

『警察官僚×契約結婚』 花木(はなき)きな・著

ある日美月が彼氏と一緒にいると彼の「妻」を名乗る女性が乱入！　女性に突き飛ばれた美月は偶然居合わせた警察官僚・巧に助けられる。それは子供の頃に憧れていた人との再会だった。そしてとある事情から彼と契約結婚をすることに!?　割り切った結婚のはずが、硬派な巧は日ごとに甘さを増してゆき…！

ISBN 978-4-8137-1622-8／予価748円（本体680円＋税10%）

Now Printing

『出戻り王女の政略結婚』 三沢(みさわ)ケイ・著

15歳の時に政治の駒として隣国王太子のハーレムに送られたアリス。大勢いる妃の中で最下位の扱いを受けて7年。夫である王太子が失脚&ハーレム解散！　出戻り王女となったアリスに、2度目の政略結婚の打診が!?　相手は"冷酷王"と噂されるシスティス国王・ウィルフレッド。「愛も子も望むな」と言われていたはずが、彼の瞳から甘さが滲み出し…!?

ISBN 978-4-8137-1623-5／予価748円（本体680円＋税10%）

タイトル、価格等は変更になることがございますのでご了承ください。